Paul und Nina. Weil sie beide dasselbe Buch lasen, waren sie im Rondell der Universität gleich Feuer und Flamme. Der Mathestudent nahm die angehende Opernsängerin mit nach Genua – und die elegante Tante Matilde, »letzter Star Europas«, die dazu noch die beste Pasta der Welt macht, erteilte ihnen den Segen für eine Ehe ohne Probezeit.

Lustvoll streiten, ob das Schöne das Wahre oder doch das Moralische ist, können Paul und Nina immer noch – dass aber ihr lang gehegter Kinderwunsch nicht in Erfüllung geht, lässt sich nach mehreren Fehlversuchen nur schwer lustigreden. Und als sie jetzt, wieder in Genua, auf dem Friedhof Staglieno die hundertjährige Mathilde zu Grabe tragen, bricht – unaufhaltsam – etwas auf. Sie blicken in einen Abgrund, der weder mit Tom Ford noch mit Chanel zuzuschütten ist.

Romana Ganzoni

Tod in Genua

Roman

EDITION BLAU

Belletristik im Rotpunktverlag

Dieses Buch erscheint mit freundlicher Unterstützung
von SWISSLOS/Kulturförderung, Kanton Graubünden
und dem GKB Beitragsfonds.

Der Rotpunktverlag wird vom Schweizer Bundesamt
für Kultur mit einem Strukturbeitrag für die Jahre
2016–2020 unterstützt.

www.rotpunktverlag.ch
www.editionblau.ch

Lektorat: Daniela Koch

Umschlagbild: Blick von Castelletto auf den Hafen
Foto: Luisa Nattero, Genua

Gestaltung: Patrizia Grab

Druck und Bindung: Friedrich Pustet, Regensburg

ISBN 978-3-85869-843-8
1. Auflage 2019

Dieses Buch ist auch als E-Book erhältlich.

E come tutte le più belle cose
vivesti solo un giorno come le rose
(Fabrizio de André)

Der Tag der Beerdigung ist angebrochen. Vielleicht wird morgen in der Zeitung stehen: Der 5. September 2018 war der Tag des Untergangs. Wie eine Arie sei dieser Tag verklungen. Weil zwischen einem Paar aus Zürich so spektakulär wenig geschah, dass sich seine Geschichte auflöste und verflüchtigte. Die Erinnerung an die vergangenen siebzehn Jahre habe noch einige Stunden weitergelebt, am Morgen kräftig, dann immer blasser, bis auch die Erinnerung weg war, wie bei einem dementen Menschen, verflogen wie ein Duft, wie der Rauch der ungezählten Zigaretten, die im vergangenen Jahrhundert in dieser Stadt geraucht worden waren, jede zweite wohl von einer Frau, *zia* Matilde, die die Ehe des Paares aus Zürich gestiftet hatte.

Sie war tot. Und die Stadt franste von oben her aus, sie verdämmerte und erlosch, der beste Teil trieb ins Meer. Der Kontinent bröckelte, wie sehr, sei noch nicht abschließend geklärt, würde es vielleicht in der Zeitung heißen. Was feststand: Ein Zufall war es nicht. Hier hatte alles begonnen. Aufgespannt zwischen zwei Ereignissen von außerordentlicher Gewalt, dem G8-Gipfel und dem Einsturz der Morandi-Brücke. Wie es sich gehört für ein Drama, das von der Liebe handelt und als Vorlage für ein Opernlibretto taugt.

Meine Augen brannten, als ich sie öffnete. Ich wusste, ich hatte noch etwas Zeit, ich würde nochmals alles in Ruhe vorbeiziehen lassen, eine ganze Beerdigung lang, Station für Station, in seltsamen Schleifen, in denen ich mir begegnen konnte. So war es möglich, mich selber zu fragen, ob sich dieser Tag doch noch zum Guten wenden und sich alles fügen würde, trotz der drohenden Berichterstattung, die in meinen Halbschlaf drang.

Die Hoffnung gab ich nicht auf.

**

Paul hatte vergessen, die mächtigen Vorhänge zu ziehen. Ich schaute zur Zimmerdecke. Wie hoch mochte dieser Raum sein, vier, fünf Meter? Die Stuckatur sah ich erst jetzt. Mein Blick folgte der Blumengirlande, dann drehte ich mich im harten Bett um, es seufzte, wie Eisenbetten seufzen. Auf dem Nachttisch lag Matildes Bild. Ich nahm das sepiafarbene Foto in die Hand, strich über die Eselsohren und den Knick in der Mitte. Gut, hatte Paul das Album mitgenommen. Ich berührte den Himmel über Matilde mit den Lippen, roch am alten Barytpapier: kein spezifischer Geruch, was hatte ich erwartet? Dass ihr Parfum in meine Nase strömen würde? Shalimar: Vanilleschoten, Rosen, Zitrusöl, Bergamotte, Tonkabohnen.

Matilde stand an der Promenade Anita Garibaldi in Nervi, eine Zigarette zwischen den Fingern, unübertroffen elegant an die Seemauer gelehnt. Wie viele Jahre waren seither vergangen? Ein ganzes Leben. Der Gedanke drückte meinen Kopf tiefer ins Kissen, ich schloss die Lider, die nicht abgeschminkt waren, vielleicht lasteten sie deshalb so schwer. Pauls Decke raschelte, er atmete hörbar, es klang wie eine Klage, die in die Wellen des Meeres auf dem Foto überging, sie klatschten an die Uferpromenade, befeuchteten die Luft, ich roch das Salz. Wie im Kino ist das, dachte ich, und korrigierte: wie im Lichtspielhaus. Das Foto war in diesem Lichtspielhaus die Leinwand, Matilde löste sich von der Mauer und ging ein Stück, gefolgt von ihrer Schwester Valentina, die sich bei Matildes Dienstmädchen Greta unterhakte. Jetzt lief Matilde mit leichtem Schritt zum namenlosen Passagierschiff, das frisch vom Stapel gelassen war und in Nervi vor Anker lag für sie, für sie allein.

Applaus!

Valentina und Greta winkten Matilde nach und schlenderten weiter. Matilde schaute nicht zurück, sie bestieg das Schiff, der helle Hosenanzug stand ihr so gut wie sonst nur Anita Garibaldi oder Marlene Dietrich. Die lockere Leinenhose flatterte um die langen Beine. Matilde nahm Deck um Deck in Besitz, das Ritz-Carlton-Restaurant der 1. Klasse, den Fest- und Ballsaal, das Schwimmbad, die Suiten, Kabinen und Kammern, Speisesäle, das Raucherzimmer und auch den Salon für die Damen, das ganze *Château* des Atlantiks, die 2., 3. und 4. Klasse, Maschinenräume, alles war ihr Revier.

Die Brücken wurden eingezogen, jetzt waren viele Menschen da, aus dem Umland und der Stadt gekommen, auch Kinder. Sie rannten dem Ereignis hinterher, rufend, jubelnd, stolpernd, weinend, ein Ereignis von Rumpf bis Bug, wie Matilde ein Ereignis war vom ondulierten Haar bis zu den lackierten Zehennägeln. Die Jungfernfahrt. Ein merkwürdiger Ausdruck, dachte ich. Oder vielleicht weniger merkwürdig, als subversiv: Das Schiff, das da in See stach, trug ohne Zweifel einen weiblichen Namen. *La nave. La donna. Il mare.*

Über der Szenerie hing der Mond. *La luna.* Ich flüsterte, *vai,* Matilde! *Vai,* Admiralin! Das Schiff fuhr im Mondschein und pflügte das Meer. Auf Deck wurde Schumanns Oper *Genoveva* gegeben, eine mittelalterliche Schauerlegende, die als schwachbrüstig galt, dramaturgisch zerfahren. Ich hatte sie vor zehn Jahren in Zürich gesungen, kurzfristig, wegen der akuten Laryngitis der anderen. So diskret wie möglich hatte ich gesungen, um dann die Spitzentöne hysterisch herausplatzen zu lassen, das war zwar nicht besonders schön gewesen, aber wahrhaftig. Nun summte ich leise einige Strophen mit, als reglos im Bett liegende Genoveva, passend für diese Figur, Fleisch gewordenes Passiv, das Kontrastprogramm zu Matilde. Diese Spannung trieb die Schiffsmotoren an, geräuschlos, ein wahres Perpetuum Mobile, hier eine Frau aus Fleisch und Blut, da die Kunst.

Pauls Atem wurde fahrig, er wachte auf und fragte, Nina, träumst du? Nina, was ist los? Nicht weinen! Ich weine nicht, ich singe, wir sind doch diese schrecklich tapferen Leute, oder? Ich fächelte mir Luft mit Matildes Foto zu. Ja, sagte er, wir sind diese schrecklich tapferen Leute. Ich erzählte ihm von Matildes Reise. Sie ist aufgestiegen in mir wie der Mond, sagte ich. Paul schüttelte den Kopf, deine Vorstellungskraft ist beängstigend, lachte er, aber natürlich herrlich, was du dir immer einredest. Ich möchte das auch können. Er stand auf und ging ins Bad.

Ich schloss die Augen und zoomte das Passagierschiff heran, hinter jedem Kabinenfenster stand nun Matilde, sie hatte sich auf magische Weise vervielfacht. Einmal winkte sie, dann zeigte sie, im tief ausgeschnittenen Kleid, rauchend ihre Rückenansicht, hinter einem nächsten Fenster legte sie Patiencekarten, woanders schaute sie fern.

Sie schaute bestimmt ein Fußballspiel, sie war Fan des CFC Genoa, das war der rot-blaue Club *Rossoblu* mit dem goldenen Greif, der älteste Fußballclub Italiens und natürlich kein Freund des anderen Stadtclubs, der *Sampdoria*. Plump und lächerlich fand Matilde den Pfeife rauchenden Seemann im Logo. Echte Pfeifen, die ausgerechnet in dieser Saison in der Serie A zwei Ränge vor Genoa lagen. Matilde hatte am Telefon gesagt, mein rot-blaues Blut ist schwarz vor schlechter Laune, *sono arrabbiata nera*. Schwarz wie der Rotwein, den die Schwestern tranken, sie nannten ihn *vino nero*. Im Gegensatz zum schwarzen Blut hob der schwarze Wein die Laune des Haushalts verlässlich.

Die verfeindeten Fußballclubs teilten das Heimstadion, das Stadio Luigi Ferraris. Zweimalige Spielstätte der Fußballweltmeisterschaft. Matilde scherzte, sie sei einmal bereits sechzehn Jahre alt gewesen, das nächste Mal erst zweiundsiebzig. Sie habe mit der kleinen Schwester Limonade mit einem Schuss Pfefferminzlikör getrunken. Beim zweiten Mal tranken wir aber Espresso und einen Grappa, präzisierte Valentina. Matilde hatte viel durchgemacht mit ihrem Club, Betrug, Skandal und Randale ausgehalten, aber sie blieb ihm treu bis in den Tod.

Alle nannten das Stadion *Marassi*. Es lag im Marassi-Quartier neben dem Gefängnis, nur einige Minuten entfernt von Staglieno, dem Monumentalfriedhof auf der anderen Seite des Bisagno. Der launische Fluss verband Athleten, Gefangene und Tote. Matildes Sarg würde neben dem des früh verstorbenen Ehemanns in der Grabnische stehen, schon heute Abend. Und sie würde den Orten nahe sein, die ihren Brüdern Triumph und Qual beschert hatten. Der ältere Bruder, den Matilde *meinen Drachentöter* nannte, war vor fünfundsiebzig Jahren aus dem Marassi-Gefängnis deportiert und ermordet worden. Der jüngere hatte beim CFC Genoa gespielt, erfolgreich, sehr erfolgreich, betonte Matilde, als seien sein Talent und seine Leistung ein verpflichtendes Erbe. Sie fieberte bis zuletzt nächtelang mit Fußballern aus dem In- und Ausland. Und es war eine quartierbekannte Tragödie, als Matildes Fernseher diesen Mai den Geist aufgab, ausgerechnet am Pfingstsonntag, wo Geist ausgegossen werden sollte, mitten im Serie-A-Spiel CFC Genoa gegen Torino FC.

Ihr Dienstmädchen Greta begleitete Matilde am Dienstagmorgen um neun Uhr in die Via XX Settembre, die Bahnhofstrasse Genuas, die an die inneritalienische Einnahme Roms im Jahre 1870 erinnerte. Dort ließ sich Matilde bei Expert die Vor- und Nachteile eines jeden Bildschirms erklären, zum Schluss wählte sie den *televisore* mit der elegantesten Halterung, von Sony, goldfarben. Matilde empfinde alles Hässliche als Gewalt, sagte Valentina, als Matilde uns beim nächsten Besuch den neuen Fernseher *en détail* vorführte.

Greta hatte ihn ins Taxi geschleppt, während Matilde ein zweites Taxi genommen hatte und davongefahren war. Greta erzählte es mir lachend in der Küche, die brennende Zigarette zwischen den dicken Lippen. Ich vermutete, es kam ihr ganz gelegen, dass der linke Schneidezahn fehlte, so konnte sie ihre Zigarette dort festmachen und vergnügt daherreden, während Papier und Tabak langsam wegbrannten. Die in den steinernen Ausguss herabfallende Asche spülte Greta mit den Brotkrumen weg.

Ihrer Attraktivität tat die Zahnlücke keinen Abbruch. Ich fragte mich, weshalb. Die Antwort war banal, Greta war schön. Sie war bestimmt als junge Frau schon schön gewesen, mit dieser nervösen Spannung der stolzen Working-Class-Göre im Leib, aber die Zeit hatte an ihr etwas vollbracht, das nicht zu benennen war. Greta hatte eine Aura geschenkt bekommen, die junge Haut nicht umgibt, vielleicht bestand diese Aura aus geheimen Berührungen, die sie in den vergangenen Jahrzehnten genossen hatte.

Ich sah Matilde vor mir, wie sie nach Greta rief. Die Fernbedienung des Sony-Apparates ist schmutzig, Asche ist darauf, schimpfte sie. Greta ließ sich provozierend viel Zeit, um schließlich mit einem klatschnassen Lappen ins Zimmer zu treten. Matilde rügte sie und schickte sie gleich wieder in die Küche. Sie macht alles kaputt, jammerte Matilde. Greta schüttelte die vielen silbernen Haare und schlenderte davon.

* *

Paul und ich hatten Matilde vor zwei Monaten zum letzten Mal besucht. Wir waren über die vierspurige Morandi-Brücke angereist, die die Stadt mit der westlichen Peripherie verband. Pendler gaben instinktiv Gas auf der maroden Konstruktion, und Paul gab Gas, weil er von den Pendlern wusste. Als ich am 14. August vom Einsturz las, hörte ich, wie die Fensterläden der Stadt mit einem Knall zuschlugen. Stille. Die Stadt machte die Augen zu, um sie lange nicht mehr zu öffnen. Es regnete, die Genueser sagten dazu *diluvio,* Sintflut, sie weinten. Matilde hatte nicht geweint, sie verlor nie die Fassung, wenn es ernst wurde, stattdessen trank sie in kleinen Schlucken ihren verdickten Birnensaft. Bei ihr saß die um zwei Jahre jüngere Valentina, die seit einiger Zeit nicht mehr bei sich war, Rituale aber verfolgte, als wäre sie bei sich. Die Schwestern wehrten der Dehydrierung mit Birnensaft, den sie im gleichen Rhythmus tranken, ihre Augen blieben trocken. Sie waren hundert und achtundneunzig Jahre alt.

Hatte die sterbende Matilde an Genua gedacht? Bestimmt nicht. Sie war Genua. Jetzt zog sie aus, nach Übersee, ans Ende der Welt – und nahm Genua mit: *ex-metropoli, ex-polo industriale, ex-capitale finanziaria, ex-superba,* wie die Friseurin, die ich bei jedem Genua-Besuch aufsuchte, nicht müde wurde zu betonen, weil sie sich auf meine Gegenrede freute. Nach der Beerdigung würde hier ein Loch klaffen, dort, wo die Kathedrale stand, wäre es am tiefsten, der Monumentalfriedhof hätte sich als tektonische Platte verselbständigt und trieb ins Meer hinaus. Niemand würde mehr an die Chinesen denken, die den Hafen übernahmen, niemand an die Morandi-Brücke und an die Pläne des Genueser Stararchitekten, einzig der Lastwagen mit der blauen Kabine, der an der Bruchstelle der Brücke gestanden hatte, bliebe vielleicht in Erinnerung.

Ich sah nach Matildes Schiff. Stand sie auf Zehenspitzen am Fenster? Jetzt machte sie einen kleinen Luftsprung, ganz das übermütige und freche Mädchen, das sie gewesen war, als sie an einem Sonntag vor sechsundachtzig Jahren in die stadtbekannte Konditorei ihres späteren Ehemanns gestürmt kam, um kandierte Veilchen in der Silberschachtel zu kaufen und ein Gebäck, das die Konditoren zu Ehren Verdis *Falstaff* nannten. Der Komponist war hier Hausgast gewesen. Verdis Visitenkarte hing an der Wand des Hauptgeschäfts. Der Komponist bedankte sich darauf für die *brioche,* die er für besser hielt als sein Werk. Matilde fand, da habe er die Wahrheit gesagt. Ihr gefielen diese lustigen Weiber aus Windsor ganz und gar nicht. Eine alberne Geschichte, weit weg von der Realität, billiger Humor, wer findet denn sowas lustig?, sagte sie.

Vom Gebäck hingegen war sie sehr angetan, und nicht nur das. Der junge Mann hinter dem Tresen war fünfzehn Jahre älter als sie. Er verliebte sich auf den ersten Blick in diesen *süßen Schatz,* wie er Matilde später nennen würde. Diskret machte er ausfindig, wie sie hieß, wer ihre Eltern waren und was ihr Stand. Sie wohnte etwas außerhalb, in Mele, nahe am Passo del Turchino. Ihr Vater war ein lokaler Weinhändler, die Mutter betrieb eine Trattoria mit vier Tischen. Drei Geschwister. Für die kleine Matilde würde die Heirat mit ihm demnach einen nicht unerheblichen sozialen Aufstieg bedeuten. Das erhöhte die Chancen des jungen Manns, der von sich selbst, seinem Aussehen, Witz und Charme nicht übertrieben eingenommen war. Auf seinen guten Geschmack hingegen bildete er sich etwas ein.

Vier Jahre später hielt er um Matildes Hand an. Sie zögerte nicht und sagte Ja zu einem Mann, der ihr durch tadelloses Benehmen aufgefallen war. Er hatte sie jedes Mal zur Tür begleitet, wenn sie die Konditorei verließ, und ihr schnell ein Fläschchen Rosensirup oder ein paar Geleewürfel zugesteckt. Und er sah gut aus, vor allem die grünen Augen gefielen ihr. Er war ein zarter Kater, sagte Matilde, und schwärmte von ihrer Ehe mit einem feinsinnigen Menschen.

Die weitläufige Wohnung hatte ihr Mann eingerichtet, insgesamt fünf bequeme Sofas aufgestellt, die mit französischen Samtstoffen in kräftigen Farben überzogen waren, das restliche Mobiliar war im Stil Louis XV gehalten. Ölbilder, vor allem ligurische Landschaften, lockerten das Ambiente auf, Fotografien von Verwandten gaben den Räumen einen familiären Touch. Die Innenansichten von Bars und livrierte Arbeitsbrigaden verwiesen auf die Herkunft des Geldes. Alles war gekonnt kombiniert, Leuchter in allen Zimmern, sogar in den Bädern, hohe Vasen, Silbernippes, nur die Küche blieb ein nüchterner Arbeitsraum mit viel Marmor und rotem Klinkerboden in Wabenoptik.

Der Lieblingsort des jungen Paares wurde bald das violette Sofa im jetzigen Fernsehzimmer, dort saßen sie nach Ladenschluss oft beisammen, Bein an Bein. Ihr Mann las gerne, Matilde leistete ihm Gesellschaft und dachte sich etwas aus, denn sie war eine verhinderte Ingenieurin, eine begabte Handwerkerin, die immer Werkzeug in der Handtasche mitführte. Der Haushalt interessierte sie mäßig, was man dem Haushalt aber nicht anmerkte. Alles war in perfekter Ordnung. Matilde liebte Ordnung und Struktur. Wenn ihr Mann die Seite eines Buches umschlug, drückte sein Oberschenkel gegen ihren. Wenn sie in Gedanken eine neue Maschine erfunden hatte, drückte sie gegen den seinen.

Nach dem Tod ihres Mannes hängte Matilde an Namens-, Geburts-, Hochzeits- und Todestag eines seiner weißen Hemden und seine besten Anzüge an den großen Schrank in der Umkleide. Sie betrachtete die gepflegten Kleider lächelnd und fuhr mit dem Zeigefinger über die Knöpfe der Dreiteiler. Seine schönsten Komplimente und Redensarten waren in einem kleinen Buch notiert, es lag im Entrée neben dem Telefon, als sei dort seine Nummer notiert, unter der sie ihn jederzeit erreichen konnte. Sie hielt Paul gern dazu an, ihr daraus nach dem Mittagessen vorzulesen, was Paul formvollendet tat.

Wer würde Matildes schöne Kleider an Gedenktagen und Jubiläen hervornehmen und mit dem Finger über Reißverschluss, Schnallen und Knöpfe streichen? Wer würde das bei mir tun? In Matildes Umkleide hingen die Hemden und Anzüge ihres Mannes neben ihren Blusen, Röcken und Kleidern. Man müsste alles zusammen verschenken, an ein glückliches altes Paar. Ich könnte die Sachen mit nach Zürich nehmen, dachte ich. Das Nachmittagskleid, das sie anhatte, als ich sie zum ersten Mal traf, würde ich behalten und auch das rote in Seidencrêpe, das sie beim Opernbesuch trug.

**

Die folgenden Fenster zeigten Matilde mit konzentriertem Blick, sie hob langsam das linke Bein, eine Ballerina, und: *Arabesque! Pas de chat!* Woanders las sie eine Zeitschrift oder plauderte mit einem unsichtbaren Gegenüber. Sie erzählte von früher, schüttelte den Kopf, klatschte in die Hände, klopfte ans Fenster, sie gestikulierte, aß eine Traube, eine Kirsche, eine Erdbeere, *l'ûga, a çêxa, o merêllo,* sagte sie auf Zenéize Richtung Valentina, die mit Greta davonspazierte. Früher hatten sie nur Dialekt gesprochen, wenn niemand zuhörte, aber das war jetzt ja egal, sie war tot, sie trank Champagner, sie trank noch mehr Champagner, Veuve Clicquot, Rosé. Sie küsste einen Mann, küsste eine Frau, küsste ein Kind, während sie die Hand der Frau hielt. Sie rauchte eine ihrer englischen Zigaretten, Craven A, filterlos, das war ihre Leibmarke. Es sah aus, als wären Matildes Zigaretten nie ausgeraucht, sie blies Kringel in die Luft, die blass wurden, sich auflösten.

Valentina pflegte zu sagen, die dramatischen Wolkenformationen über Ligurien, das ist der Rauch von Matildes Zigaretten. Oder habt ihr etwa solche Wolken in der Schweiz, Nina? Das war vor ihrem Erlöschen Valentinas Evergreen gewesen, ihr Running Gag, um Matilde zu ärgern. In den letzten Jahren spielte auch Neid mit, weil der Arzt Valentina das Rauchen untersagt hatte. Nein, solche Wolken haben wir nicht, sagte ich jedes Mal.

Ich bat Paul, für mich zu übersetzen, und sagte, früher habe ich den Himmel auf den Gemälden der italienischen Renaissance für überhöht gehalten, bis ich, dank Paul, die italienischen Landschaften besser kennenlernte. Italien stand für mich bis dahin primär für Oper. *Il paese del belcanto.* Die gesammelten Langspielplatten meines Vaters, das war für mich die Essenz dieses Landes. Die Wolken auf den Bildern in seinen Museumskatalogen kamen mir übertrieben und künstlich vor, bis ich durch eigene Anschauung verstand, dass sie nicht überhöht waren, sondern im Gegenteil sehr genau und plastisch festgehalten. Es hat Jahrtausende gedauert, bis Wolken endlich auf einer Leinwand stillstanden, transportfähig wurden, ins Ausland verschickt werden konnten. In die Museumskataloge, zu meinem Vater, zu mir in eine kleine Schweizer Stadt. Und jetzt bin ich hier.

Die Schwestern nickten nach diesen Ausführungen zufrieden, sie waren stolz auf Italiens Vergangenheit. Um Menschen aus Italien mit sich selber zu versöhnen, um ihnen eine Pause zu gönnen, muss man die Renaissance erwähnen, meinte Paul.

Valentina wartete, bis sich das Gesagte gesetzt hatte, dann triumphierte sie über Matilde. Da siehst du es, in der Schweiz haben sie andere Wolken, da gibt es keinen menschlichen Kamin, der dauernd raucht. Über der Schweiz, sagte Matilde, hängen keine Wolken, über der Schweiz hängt Ninas Gesang. Ihre Stimme ist wie der Rauch meiner Zigarette, wir setzen Zeichen, Valentina, und was machst du?

Sie zog die in hohem Bogen geschminkten Brauen nach oben, zündete sich mit dem Zippo eine Zigarette an und sog so heftig daran, dass sie mir vorkam wie ein kurierter Vampir, der Rauch trank statt das Blut der Verwandtschaft. Der kurierte Vampir, dem erfolgreich eine Suchtverlagerung gelungen war, nahm fortan nicht nur die tiefsten Lungen-, sondern auch die erschütterndsten Herz-, Nieren- und Genitalzüge, die ich je gesehen hatte. Irgendwann würde der Rauch aus allen Poren strömen wie Dampf aus einem Bügeleisen. So hätte Matilde auch sterben können: einfach verdampfen.

**

Matilde blies wieder Kringel in die Luft.

Applaus!

Sie verneigte sich kurz auf ihrem unsinkbaren Schiff. Ich hörte, wie sie mit der Zunge schnalzte, das war eine Angewohnheit von ihr gewesen, sie drückte damit Wohlgefallen und das Gegenteil aus. Das sind velar-ingressive Verschlusslaute, konnte ich Paul belehren. Ich hatte das während der Ausbildung gelernt und etwas mit *vocal percussion* experimentiert, der Übergang in Gesang war fließend. Und auch der Übergang zu anderen Klanggesten wie Klopfen, Fingerschnippen, Pfeifen – und Klatschen. Der Applaus für

Matilde steckte mich an, ich sang etwas *Scat,* Ella Fitzgeralds *How high is the Moon* imitierend, vom Mond über dem Schiff angeregt, das nun aussah wie eine schwimmende Kathedrale. Ich war müde geworden, aber es wurde Zeit aufzustehen, die Besammlung der Trauergesellschaft in Matildes Wohnung war für die Mittagszeit angesetzt.

Ich hörte Paul im Bad rumoren, er fluchte.

Beim Rasieren geschnitten?, rief ich.

Er trat unter die Tür.

Alles gut. Noch immer im Bett?

Habe keine Eile. Ich kann mich nicht sattsehen an Matildes Foto. Was für eine Eleganz! Und der Blick! Dieser Giorgio Costa hatte wirklich Talent, er hat sie gut eingefangen. Denkst du, er war ihre platonische Liebe?

Kann ich mir nicht vorstellen. Der hat sie doch rasend begehrt. Schau sie dir an! Apropos rasend, den Vittorio Parodi hat Costa auch fotografiert, wie er im Alpha Romeo über den Corso Italia rast, erinnerst du dich?

Vage.

Das ist der Reeder, der seinem Sohn Giorgio 2000 Lire vorschoss, um mit Carlo Guzzi *Moto Guzzi* zu gründen.

Aha. Heißen in dieser Stadt eigentlich alle Giorgio?

Ja, alle. Nach dem heiligen Georg, dem guten alten Drachentöter, sein Kreuz verpflichtet. Ich heiße ab sofort auch Giorgio. Den Toscanini am Dirigentenpult hat Costa übrigens auch fotografiert, im Garten der Villa Wagner in Luzern.

Bloß nicht Wagner! Und: Toscanini war im Fall nicht aus Genua, dafür Paganini. Warum erzählst du mir das?

Frage mich gerade, wie platonisch oder rasend ein Typ wie Costa wohl zu Matilde stand, ob es sich nicht vielmehr um echte Liebe handelte. Möglich, dass sie zwei Männer geliebt hat, soll ja vorkommen. Wer weiß, ob noch mehr Fotos von ihr zum Vorschein kommen, jetzt, wo Costas Enkel danach sucht.

Lass mich das kurz zusammenfassen. Eine echte Liebe kann also weder platonisch noch rasend sein, Paul? Bastelst du gerade an einer Theorie?

Theorie würde ich das nicht nennen.

Okay. Lassen wir das. Ich fand die Holzkiste beim Enkel herrlich.

Holzkiste ist gut. Das war Mahagoni! Ein *taxiphote, de Paris*. Okulare mit achromatischen Linsen, verstellbarer Augenabstand. Du drehst an der Handkurbel, und es kommen fünfundzwanzig Bilder nacheinander, das Zählwerk zeigt, welches Foto gerade im Magazin liegt.

Too much information. Immer diese Männer, immer diese Listen ... Was ist eigentlich auf der Paulschen Liste, außer dass er eine platonische Liebe und eine rasende Liebe nicht zur Kategorie echte Liebe zählt?

Veränderung.

Mach mir keine Angst! Sag jetzt, warum weißt du das alles?

Nachgelesen. Hat mich interessiert. Costa trieb den Handel mit Olivenöl voran, auch in Amerika, deshalb war er zwei Mal dort, in den Zwanzigerjahren und Anfang Dreißigerjahre. Er hat Tausende Fotos gemacht, vom Empire State Building, Militärparaden, weiß der Teufel was alles. In Washington, Philadelphia, Chicago hat er fotografiert, die Niagarafälle und europäische Städte oder das Haus der Familie, Meer, Schiffe ...

Und Matilde.

Und Matilde. Das ist das einzige Bild in dieser Art, das ich gesehen habe.

In welcher Art?

So zärtlich.

**

Paul hatte bereits vor einigen Jahren der Betreiberin unseres Hotels das Porträt seiner bildschönen *zia* gezeigt. Auf der Rückseite gebe es neben einem unleserlichen handschriftlichen Wort ein gestempeltes Monogramm: GC. Sie lachte, Giorgio Costa, wusste sie gleich und holte einen Stadtplan hervor. Der Enkel ist auch Fotograf und betreibt ein Geschäft ganz in der Nähe. Nach dem zweiten Kaffee brachen wir auf. Paul und der Enkel waren schnell ins Fachsimpeln geraten, weil eine Stereokamera von Giorgio in einem Glaskasten ausgestellt war. Bis zum Ende des Zweiten Weltkriegs habe er damit gearbeitet. Paul sagte, mein Großvater besaß auch so ein Wunderding, er nannte es Heidoskop und war sehr stolz darauf.

Bei Costas Enkel durften wir haufenweise Glasdias sichten, er besaß gegen 2000 Platten, die der *taxiphote* zum Leben erweckte. Wir schauten gebannt in den Apparat, die Aufnahmen bekamen Tiefe, wo rein physikalisch gar keine war.

Vier großformatige Fotografien von Giorgio Costa hingen seither in unserem Haus am Klusplatz. Trostbilder, die uns mit einem Ort verbanden, der Kraft spendete, sie verbanden uns mit einer Familie, die Paul und mich immer an ihren Tisch einlud, aber auch die einzelnen Sujets waren tröstlich. Bei der Hintertür, die wir als Eingang nutzten, begrüßte uns der Stapellauf der *Beatrice C.*, ein Bild des Aufbruchs, kurz nach Ende des Zweiten Weltkriegs. Es sagte, ein Neuanfang ist jederzeit möglich.

Über unserem Boxspringbett badeten Frauen des Jahres 1931 im Pool an Deck der *Augusta*. Das Bild sagte, hier ist ein Ort der Erotik, aber nicht nur. Die *France* hatte Giorgio 1924 in Le Havre aufgenommen, imposant, vier Schlote. Der Enkel erzählte, dass das Schiff auch bei ruhiger See schlingerte, bis zu 20 Grad Neigung, Menschen waren verletzt, kostbare Ausstattung beschädigt worden. Niemand fand heraus, woran es lag. Die *France* wirkte industriell, deshalb hing sie in unserer Küche, hinter Glas. Paul wollte das so. Es amüsierte ihn. Weil wir das Industrielle nicht verabscheuen, sagte er. Nina kocht fürs Leben gern mit der Mikrowelle.

Wir versuchten, einander zum Lachen zu bringen oder wenigstens zum Lächeln und Aufschauen, denn die Stunden, die wir wortlos am Küchentisch gesessen hatten, besonders im vergangenen Jahr, waren ungezählt. Wir schauten umher, an die Decke, zu unserer Kochinsel mit dem tollen Design und den vielen Funktionen. Wir stocherten im Essen, tranken Rotwein ohne Lust, aber mit viel Zug, bis die Sinne wattiert waren, dann langsamer, um dieses Gefühl so lange wie möglich zu halten.

Wir schauten zur *France* mit den vier Schloten. Sie sagte, auch eine Schlingerfahrt kann ans Ziel führen, das Risiko, Verletzungen davonzutragen, besteht, aber irgendwann werdet ihr ankommen – und über euren Tellern mit dem Fertigfood lachen. Bis dahin wollten wir die Einsamkeit gemeinsam aushalten. Und annehmen, was uns widerfuhr. Wir hatten alles zusammen durchgestanden. Wir waren noch da.

In unserem hellen Wintergarten hing ein Foto von Manhattan in der Ferne, Costa hatte sich auf der *Saturnia* befunden, die auf New York zusteuerte. Beim Betrachten glaubte ich, gleich anzukommen. Dabei war ich schon lange angekommen, im Wintergarten mit der guten Akustik, wo ich oft saß und meinen Tee trank, in diesem schönen Haus, in unserer Geschichte, in unserer Ehe. Ich mochte mein Leben, trotz des geplatzten Traums, denn ich mochte Paul, er war mein engster Freund, meine große Liebe, die nach fast zwanzig Jahren eine große ruhige Liebe geworden war.

Kein Paar fällt nach zwei Jahrzehnten täglich übereinander her, alle wissen, dass das unmöglich ist – ob man Kinder hat oder nicht, spielt dabei keine Rolle. Auch ein Paar ohne Kinder ist eine Familie. Alle wissen von dieser Ruhe, die Heimat ist und das Gegenteil, und dieses Gegenteil hat Verlangen, es ist die Erwartung an eine Utopie. Und es nützt nichts, dass alle wissen: Utopie bedeutet per definitionem *keine Realität*.

Das fünfte Bild hatte Paul in sein Büro am Predigerplatz mitgenommen, eine andere Einfahrt nach New York. Wie eine schöne ferne Leiche sah die Stadt aus. Die Perspektive tat so, als habe der Kapitän das Foto aufgenommen. Ein viel zu stark belichtetes Foto. Ausschussware. Undatiert. Es war Paul besonders lieb. Er mochte das Geheimnis.

Sag mal, hat dein Büro eigentlich schon angerufen, Paul?, rief ich ins Bad.

Zum Glück nicht. Die machen ja nur Druck mit dieser Berlinsache.

Musst du wieder hin?

Das ist unvermeidlich.

Ich wollte mich darum bemühen, wieder ein Geheimnis

zu werden für den Mann, der sich gerade rasierte, aber ich vermutete, es würde nicht reichen, ihm nach der Beerdigung vorzuschlagen, in das kleine Zimmer im Neubau zu ziehen und ihm das große Schlafzimmer zu überlassen. Wir hatten in Hinblick auf Kinder einen Holzturm an unser Haus anbauen lassen mit je einem Kinderzimmer im ersten und zweiten Stock. Paul hatte sehr genaue Pläne, ein kleiner Wohnturm sollte es werden, wie eine fröhliche Burg. Im Parterre lag das großzügig bemessene Badezimmer, das Platz bot für ein Klavier. Da stand jetzt ein Klavier. Ich hätte den Kindern darauf vorspielen wollen, singen, während sie im Schaumbad saßen. Ich fand die Vorstellung reizend. Paul fand die Vorstellung reizend.

Der Nachmittag beim Enkel von Giorgio Costa war kurzweilig gewesen. Er gab nicht nur technische und historische Auskünfte, er erzählte auch von sich. Seit der Havarie der Costa Concordia laste Schande auf seinem Namen. Er gehe seine eigenen Wege. Diese Wege hatten an Land geführt, mitten in die Stadt. Seine Passion: Genua reinigen, Müll einsammeln. Auf eigene Kosten säuberte er tagelang Wände, Fassaden und Marmor von Schmierereien und machte Kleinstausstellungen in stillgelegten Telefonkabinen. Er fand, das sei er seiner Heimatstadt schuldig. Ja, sagte Paul, diese Stadt hat Leute wie dich verdient, sie explodiert vor Potenzial. Wenn du ihre Schönheit sichtbar machst, gibt sie es dir zurück.

Der Enkel schaute traurig. Dann sagte er, wenn ihr der Stadt und euch eine Freude machen wollt, erlaubt euch, am Nachmittag zu schlafen. Geht erst abends auf die Straße, und ihr werdet Genua anders erleben, persönlicher, intimer.

Gilt übrigens für alle Städte. Das nächste Mal, sagte Paul. Zum Glück haben wir diesen Nachmittag nicht verschlafen, sondern mit dir verbracht. Der Enkel zog ein paar Fotorollen hervor und schenkte uns die fünf Aufnahmen, als seien sie der natürliche Abschluss des Gesprächs.

**

War der Urheber unserer Fotos Matildes Liebhaber gewesen, ihr Geheimnis, das sie mit niemandem geteilt hatte? Hatte sie Giorgio heimlich an der Promenade in Nervi getroffen? War das ihr Ort gewesen? Wie mögen seine Anweisungen für das Foto gelautet haben? Leg den Kopf in den Nacken, schau kämpferisch, rauche, öffne leicht den Mund, denk an uns? Waren sie anschließend Hand in Hand in den Botanischen Garten gegangen, dann Richtung Grand Hotel Eden? Liebte Matilde Giorgio wie den grünäugigen Mann aus der Konditorei, der sie *süßer Schatz* nannte, ihr Sofas hinstellte, sie vergötterte? Wie fand ich das? Enttäuschend? Weil ich Matildes Ehe als Vorbild brauchte? Ich fand es eher aufregend.

Jetzt erklärst du mir bitte nochmals, warum Giorgio Costa nicht Matildes platonische Liebe war.

Platonische Lieben gibt es nicht, ist nur ein Gerücht.

Blödsinn, natürlich gibt es die.

Außerdem ist Italien jetzt erledigt, ohne Matilde ist Sendeschluss, nach der Beerdigung komme ich nie wieder.

Ach Paul, du Schwätzer.

Das sagt die Petersburgerin?

Habe ich durcheinandererzählt? Falls ja, du auch!

Hast du. Wie immer.

Wegen meines Hangs zum Redeschwall, den Paul im

freundlichsten Fall *assoziativ* nannte, war ich für ihn bereits bei unserem ersten Treffen Ende 2001 die Petersburgerin. Ich tat wissend, wir standen ja ganz am Anfang. Ich wollte mir keine Blöße geben, vor allem nicht als Sängerin. Sängerinnen galten unter Musikern als dumm. Kierkegaard, den Paul gerne las, fand, an einer Sängerin sei im Allgemeinen nicht groß was verloren, sie könne jederzeit eine kleine Zerstreuung sein. Ich hatte damals schnell nachgeschlagen: Petersburger Hängung, ein Arrangement, üppig und dicht an dicht, möglichst viele Bilder ohne sichtbare Ordnung, damit Reichtum und Andersartigkeit der Kunstwerke wirken. Es entsteht eine Ordnung, die die Betrachterin für sich neu erfindet. Ich fühlte mich ertappt, getadelt und geschmeichelt.

Und jetzt kommt noch Layern dazu, sagte ich.

Was ist das?

Duftschichtung. Neuster Schrei aus dem Parfum-Business. Die Verkäuferin in Mailand hat es mir empfohlen. Du sprühst verschiedene Düfte übereinander oder setzt Akzente auf der Kleidung, besprühst das Haar oder klassisch: Handgelenke, hinter die Ohren, in den Nacken. Coco Chanel sagte, eine Frau soll überall dort Parfum auftragen, wo sie geküsst werden will.

Bei dir ist das die Armbeuge … Dort duftet Parfum aber nicht optimal, zu viele Schweißdrüsen, am Hals zu viele Talgdrüsen, Handgelenk ist okay, aber sei's drum.

Bonmots soll man nicht mit Wissen zerstören. Das machen nur Erzählnieten.

Will gar nichts erzählen, sage nur: Geldmacherei.

Vielleicht. Ich wollte nur sagen, Layering ist das olfaktorische Pendant zur Petersburger Hängung.

Ninas probate Erzähl- und Beschwichtigungstechnik hat also Zuwachs bekommen.

Vielleicht. Frage mich übrigens gerade, wer den Lebenslauf von Matilde verfasst.

Keine Ahnung. Eine der Nichten?

Was ich noch sagen wollte: Du weißt schon, dass das lineare Narrativ tot ist, besonders in der Liebe.

Schön zitiert. Haben wir nicht abgemacht, dass das Wort Narrativ tabu ist?

Haben wir. Sorry. Aber ist nicht zitiert.

Oh, jetzt gibt sie Gas.

Ich glaube, du beneidest mich insgeheim um meinen Erzählstil, weil er unterhaltsam ist – und erst noch wahrer als deine Listen und dein von A nach B. So europäisch. Dem Untergang geweiht.

Nina stürmt das Leben mit dem Wort *wahr*. Alle Achtung!

Naja, fast. Wahrer, habe ich gesagt. Die Regeln durchschaue ich nicht. Das weiß ich. Im Gegensatz zu denen, die überlegt und schnörkellos erzählen und wahnsinnig stolz sind auf ihre klaren Gedanken. Die glauben, sie hätten sich im Griff. Ihre Gefühle unter Kontrolle. Aber gerade deshalb funktionieren sie vielleicht irrationaler als eine Schwätzerin und sind manchmal besonders leicht zu manipulieren.

Jetzt hast du's mir gegeben!

Wir lachten, wie Menschen angesichts der Perversion, dass Menschen sterben müssen, lachen. Was für eine Kränkung und unfassbar seltsam, auch urkomisch, der ganze Aufwand und dann: tot. Alle. Dieses Wort liest man immer in Bezug auf die anderen, weil man noch lebt. Aber es bedeutete: ich. Ich werde tot sein. Und du.

**

Es war ein Dienstag im Dezember, als wir uns auf der Polyterrasse beim Hauptgebäude der ETH erblickten und gleich über das Buch *Gödel Escher Bach* sprachen. Der Autor verband darin das mathematische Werk von Kurt Gödel mit den Illustrationen von Maurits Cornelis Escher und der Musik von Johann Sebastian Bach. Paul strahlte mich in der Turnhalle beim Konditionstraining an.

Er trug den Schwarm Escher-Fische in Schwarz-Weiß auf dem T-Shirt, ich die Escher-Vögel in Dunkelgrün. Wir hatten es beide aufgrund unserer Lektüre gekauft. Wir redeten drauflos, ohne Einleitung, ohne zu zögern, wir rannten im Kreis, hopsend, keuchend – und brachen das Training vorzeitig ab, um auf der Holzbank vor dem Gebäude über Muster zu sprechen, über seltsame Schleifen, Selbstbezüglichkeit, Wiederholung, über das Sein, die Ewigkeit. Wir waren in das relevanteste Gespräch vertieft, das ich mir vorstellen konnte, intim, viel intimer, als wenn wir sofort miteinander nach Hause gerannt wären – und das wäre nah gewesen. Paul wohnte am Klusplatz. Er wohnte allein in einem großen Haus.

Ich hatte mir immer einen literarischen Anfang für meine exklusive Liebesgeschichte gewünscht, als wären wir Figuren in einem Roman. Romane waren es schließlich, die unsere Vorstellung einer perfekten Liebe geformt hatten, also war es logisch – eben ein Muster, eine endlose und seltsame Schleife –, dass sich die so geprägte Leserin den Anfang einer realen Liebe als gültigen Romananfang vorstellte. Die Liebe sollte zur Fiktion taugen, die ihrerseits wieder reale Verhältnisse inspirierte – und so weiter bis in alle Ewigkeit oder bis die Welt brennen würde oder untergehen. Paul und ich, das war der perfekte Anfang einer Liebesgeschichte. Diesen Roman wollte ich lesen und zu keinem Ende kommen.

Beim ersten Treffen sagte Paul nicht, ich besitze ein Haus im Bauhaus-Stil, der Architekt hat auch das heutige Museum für Gestaltung und ein Kaufhaus an der Löwenstrasse entworfen, und mir gehört ein Mietshaus an der Bergstrasse, Jugendstil, zehn Parteien. Er erzählte es mir nicht und auch nicht, wie es dazu gekommen war. Erst während unserer ersten Reise nach Italien öffnete er sich. Das war bestimmt einfacher. Paul redete im Schutz des Motorenlärms, was ihn wohl entlastete. Einen ähnlichen Effekt kannte ich von den anstrengenden Bargesprächen nach Mitternacht, in denen ich Intimes in laute Musik mischte in der Illusion, das betrunkene Gegenüber habe nur die Hälfte verstanden und auch diese am nächsten Tag wieder vergessen.

Nach Konditionstraining und Gespräch tranken wir im Rondell der Universität Kaffee, dazu aßen wir Dänisch Plunder. Nicht so sehr, weil wir das Gebäck unwiderstehlich fanden, wir mochten den Namen. Die Liebe zu Klang, Sprache und zu deren Kapriolen verband uns, von Anfang an. Paul hatte Mathematik studiert und saß gerade an seiner Dissertation, ich würde nach Abschluss des Konservatoriums nach Wien zu einer angesehenen Gesanglehrerin gehen. Aber du kommst doch wieder zurück, oder?, fragte Paul, Zürich braucht seine beste Sängerin. Es war nicht zu fassen: Ich war aus dem Konservatorium kommend die Florhofgasse hinaufspaziert, zwei Stunden später spazierte ich mit Paul hinunter, als er unvermittelt sagte, sing mir die Königin der Nacht!

Unser Ziel war das kleine Kino in der Nähe des Predigerplatzes. Es lief – und das deuteten wir später als Omen – *Palombella rossa* von Nanni Moretti. Sein Alter Ego Apicella geht die Promenade in Nervi entlang, eben die, die auf Matildes Foto zu sehen ist. *Der in Italien meist geliebte, meist gehasste, meist zitierte, meist analysierte Film der letzten dreißig Jahre.* Den sehen wir uns an, sagte Paul, als wir das Plakat lasen. Moretti outete sich im Film als talentierter Schwimmer und Wasserballer, wie Bud Spencer, den fanden wir toll, was der nicht alles war und konnte: Stuntman, Sänger, Fabrikant, Autor, Erfinder, Jurist, Politiker, Gründer einer Fluglinie. *Viva l'Italia,* sagte ich zu Paul. Er umarmte mich.

Ich spürte die warme Berührung von damals, während Matilde an der Reling entlang spazierte, links bei Anita Garibaldi, rechts bei Apicella eingehängt. Der wiederum plauderte mit Bud Spencer, dahinter promenierten Hand in Hand Bettino Craxi und Aldo Moro, verfolgt von einer Horde Kommunisten, die plötzlich von einer großen Springwelle weggefegt wurde, derweil der Hafen von Genua kollabierte und der Friedhof Richtung Meer trieb. Das war so urkomisch und schrecklich wie selbstverständlich.

Matilde zündete sich mit einem silbernen Feuerzeug eine weitere Zigarette an, nahm ein paar Züge, nur damit sie die brennende Zigarette ins Meer schnippen konnte. Am Ringfinger der rechten Hand trug sie einen pompösen Diamantring, der wie eine kristallene Rose aussah. Matildes Leinenhose flatterte im Wind. Das Personal, das sie eben begleitet hatte, war nun weg, nicht nur die Kommunisten. Matilde stand alleine da, füllte das ganze Bild aus. Sie schaute vom

Deck aufs Meer, sie schaute ihrer Zigarette nach. Sie war nicht verwirrt wie der junge Wasserballer. Sie war kontrolliert, sie war bis zuletzt klar gewesen, von Todeskampf war nicht gesprochen worden, nur, dass ihr Herz übermäßig stark gewesen sei.

Was in der Turnhalle begann, besiegelte Paul am See, als er mir von Genua erzählte. Für ihn war das der Höhepunkt des Abends. Denn in Genua wohnte seine *zia* Matilde, Cousine zweiten Grades des Vaters. Matildes Großmutter hatte, aus einer evangelisch-reformierten Familie stammend, einen Katholiken aus Schaffhausen geheiratet. Große Liebe, großer Skandal. Das Paar wanderte nach Genua aus, legte sich einen italienischen Namen zu, taufte seine Kinder katholisch, und die Kinder wurden italienische Staatsbürger. Perfekte Assimilation.

Paul traf Matilde zum ersten Mal Anfang der Achtzigerjahre bei einem sogenannten Höflichkeitsbesuch während der Italienreise seiner Eltern. Matilde mutierte sofort zu einer Lichtgestalt am Berg über dem unermesslich weiten Meer. Und das, obwohl sie sich nicht großartig mit Paul beschäftigt hatte, sie konnte mit Kindern nicht viel anfangen. Sie zwickte ihn in die Wange und fragte, ob er ein guter Fußballer sei.

Ihre Schönheit und ihre Selbstsicherheit nahmen den Zürcher Primarschüler gefangen. Der Zweitklässler saß am Corso Firenze staunend vor einer Portion Eiscreme, die am Klusplatz als ordinär gegolten hätte. Greta hatte alles gegeben und in einer Silberschale eine dreifarbige Pyramide für ihn angerichtet, *pistaccio, fior di Latte, fragola,* die Trikolore, was sonst? Das Silber gefiel dem Jungen sehr, er betrachtete sich im Löffel und machte Grimassen, da ermunterte Valentina ihn, mit den Silberfigürchen, die überall herumstanden, zu spielen, aber nur in der Küche. Ein Pferdchen durfte Paul behalten: sein neuer Glücksbringer.

Alles in Genua war so üppig wie fremd und unpraktisch, ganz anders als in dem übersichtlichen Schweizer Haushalt, aus dem er stammte, wo man Wert darauf legte, dass das, was gesprochen wurde, nicht zu lange dauerte, Sinn machte und einen Zweck verfolgte. In Matildes verwinkelter Wohnung hingegen redeten die Leute ununterbrochen und durcheinander, das konnte unmöglich alles Sinn machen. Sie lachten und tranken, machten viele Scherze. Der Bub blickte zu den Leuchtern, die funkelten, weil etwas Sonne dazugekommen war. Vom Balkon aus konnte er das Meer sehen, wenn sein Vater ihn hochhob.

In Zürich war es auch nicht schlecht. Pauls Eltern waren gutmütige Leute, und es gab immer frische Blumen, ein schöner Strauß auf dem Tisch im Wohnzimmer. Pauls Mutter war Floristin, Blumenbinderin, sagte sie dazu. Sie stellte die schönsten Sträuße zusammen, edle Zuchtblumen in Kombination mit dem, was sie im Garten und auf Spaziergängen fand. Andere Dekoration war verpönt, Bauhaus verpflichtet.

In Italien war er wohl in dem gelandet, was seine Eltern Kitsch nannten. Wenn aufgetürmtes Eis und viel Glanz und Glitzer Kitsch waren, dann war er der größte Fan von Kitsch. Davon würde er fortan träumen in seinem zwinglianischen Paradies, wie er unser Haus manchmal ironisch nannte. Es passt leider perfekt zu meinem Naturell, sagte er. Ich bin aus Salzteig gemacht, aber ich habe eine Schwäche für fünfstöckige Buttercremetorten.

Während wir in dieser Dezembernacht am See spazierten, hing ich Pauls Schilderung seiner Tante nach und fragte mich, weshalb gerade Matilde den Ehrentitel einer *zia* bekommen hatte, mit Valentina war er ja im gleichen Grad verwandt und sie hätte ihn bestimmt auch verdient. Trotzdem wirkte sie in Pauls Erzählung wie eine Beilage. Das war unfair. Liebe war unfair.

Wir gelangten zu einer großen Steinstufe, setzten uns und schauten den Wellen zu. Paul sagte, es gibt natürlich noch viel zu Genua zu sagen. Nicht nur Schönes. Und er erzählte mir vom G8-Gipfel, der einige Monate zuvor stattgefunden hatte und ihn nicht mehr losließ, obwohl er nicht an den Demonstrationen teilgenommen hatte. Er war in der Schweiz gewesen und hatte von Matilde und der versammelten Verwandtschaft in Echtzeit erfahren, was los war. Die Berichterstatter am Telefon rissen einander den Hörer aus der Hand, kommentierten, wurden unterbrochen, wiederholten Gesagtes, berichteten von neuen Entwicklungen, suchten Zuspruch. Sie waren schon seit Wochen aufgebracht, weil die Stadt in Ausnahmezustand versetzt worden war. Tausende Polizisten, Carabinieri, Minentaucher, Sprengstoff- und Terrorexperten waren mit ihrem Kriegsgerät angerückt. Niemand wunderte sich, als bekannt wurde, dass der italienische Staat vorsorglich 200 Leichensäcke bestellt hatte. Sie berichteten von einer Schule, die gestürmt worden war, die Polizei habe mit unvorstellbarer Gewalt auf die Menschen, die dort übernachteten, eingeprügelt. Der G8-Gipfel, das war Folter und Mord mitten in Europa, sagte Paul, man darf das niemals vergessen, und auch den Widerstand der Leute nicht.

Die Wellen klatschten ans Ufer, es war nach Mitternacht, und ich fror. Paul legte den Arm um mich und sagte, wir müssen wohl langsam schlafen gehen. Ich werde von Genua träumen, sagte ich. Hoffentlich keinen Albtraum wegen dem, was ich dir zuletzt erzählt habe. In den Traum darf nur das Schöne, sagte ich. Bis vor wenigen Stunden sagte mir diese Stadt ja nichts, jetzt bin ich neugierig geworden, fast ein bisschen sehnsüchtig. Italien liebe und begehre ich schon lange, wegen der Oper, auch wegen des Essens. Pasta ist mein Diesel.

Wir hatten nicht nur dasselbe Buch gelesen, Escher-T-Shirts getragen und über das Sein gesprochen, ich liebte Italien und Pasta. Nina, du bist perfekt, sagte Paul, wir müssen zu meiner *zia,* sie macht die beste Pasta der Welt und ist der letzte Star Europas. Was auch immer mit uns zwei passieren wird, du musst sie kennenlernen, *conditio sine qua non.* Und dann küsste er mich vorsichtig auf den Mund.

**

Zwei Wochen später fuhren wir mit Pauls beigem VW-Käfer nach Genua. Paul hatte ihn von seinem Großvater, Dr. med. Paul Schmid aus Chur, geerbt, inklusive zweistelligem Nummernschild. Der Käfer war damals bereits ein kultiges Gefährt, was ich erst später begriff. Ich beklagte mich über den Krach während der Fahrt, was zu einem kurzen Schlagabtausch führte. Um dem ein Ende zu setzen, zog ich die Thermoskanne aus dem Extrafach meiner Tasche und bot Paul Pfefferminztee mit Honig an.

Nun erzählte er mir, dass er seine Eltern vor Kurzem bei einem Flugzeugabsturz verloren hatte, er steckte mitten in den Erbangelegenheiten mit seiner älteren Schwester, die mit ihrer Familie in Kanada lebte. Wir schwiegen lange. Jetzt war ich froh, dass der Motor dröhnte. Draußen zogen die italienischen Landschaften vorbei unter diesem unwiderstehlichen italienischen Himmel.

Dann sagte Paul, meine Eltern fuhren dem Schicksalswochenende mit dem Tram entgegen, ab Klusplatz. Sie stiegen ein, mit einem Koffer für beide, der Vater war in Berlin eingeladen, einen Vortrag zu halten, er war Biochemiker, Kadermann in einer Basler Firma, die Zusatzstoffe wie Zitronensäure herstellte. Die Mutter arbeitete als Floristin im Blumenladen am Hegibachplatz. Sie, die Zürcherin, hatte das Haus in die Ehe eingebracht, das den Vater zum Pendler machte.

In Berlin saß die Mutter stolz im Publikum. Anschließend fand ein großes Bankett statt. Das Wetter am nächsten Tag spielte mit, die Eltern spazierten an der Spree und im Tiergarten. Tee im Adlon. Ihr Flugzeug stürzte im Anflug auf die Landepiste in einen bewaldeten Hügel, wenige Kilometer vor dem Flughafen Zürich. Dass die Piloten die Mindesthöhe unterschritten hatten, erfuhren wir erst zwei Jahre später. Vierundzwanzig der dreiunddreißig Insassen starben. Paul rief die Schwester in Kanada an, das zweite Telefon ging an den Corso Firenze. Da habe er Matilde zum ersten Mal *zia* genannt. Aber Matilde war viel mehr als eine Tante, sie war Ersatzmutter, Ersatzvater. Und sie wurde meine Wunschmutter. Unsere Familie.

Der plötzliche Verlust der Eltern, die Erbschaft mit siebenundzwanzig und die Frage, ob ihn das verändert, ja verdorben habe, war oft Thema, wenn wir im gemeinsamen Zuhause auf dem Sofa saßen. Nicht Bein an Bein, wie

Matilde und ihr Mann, unser Sofa war ein Fünfplätzer. Ein kleines Möbel wäre im Atelierraum, den wir als Wohnzimmer nutzten, untergegangen. Die großzügige Sitzfläche forderte zur Lässigkeit auf. Er saß in der einen Ecke, ich in der anderen.

An der Tramhaltestelle vor unserem Haus dachte ich oft an Pauls Eltern, die dort mit einem Koffer abgereist waren.

Matilde sah ich zum ersten Mal an einem milden Januartag. Sie hatte Valentina und Greta aufgeboten, dazu ihre Nichten – die jüngere tauften wir die Schattige, die ältere die Bucklige – sowie deren Anhang: Sohn und Tochter der Buckligen, deren Partner. Eine Freundin und zwei Nachbarinnen waren auch kurz da. Es war ein Kommen und Gehen, alle mussten aufmarschieren, wenn Matilde Hof hielt. Ihr Liebling Paul kam schließlich aus der Schweiz, nur für sie, dieses Mal in Begleitung.

Mindestens fünf Stunden Mittagessen stehen an, sagte Paul. So etwas hatte ich noch nie erlebt, wie viele Gänge mochten das insgesamt sein? Mein Kleid spannte bereits nach der ersten Stunde. Paul blühte über dem Zwischengang mit sautierten Champignons an Petersilie auf, lachte viel, gestikulierte, legte seinen Arm um die Frauen und schäkerte mit ihnen. So lebhaft hatte ich ihn noch nie gesehen. Er fragte, hast du genug Diesel getankt, Nina? Ja, die Pasta ist köstlich. Paul hatte nicht übertrieben.

Vor dem Dessert verschwand er mit Matilde. Jetzt sitzt du alleine da, dachte ich, aber nein, die Verwandtschaft redete liebenswürdig auf mich ein, lobte meine Garderobe, mein Studium, meine Hände, mein Make-up und beteuerte vielstimmig, du schlägst dich sehr gut mit deinem Italienisch. Für Witze und schnelle Reaktionen taugte es nicht, aber, ja, ich kam über die Runden. Die Aussprache war gut, das hatte ich am Konservatorium gelernt, und ich ahmte Paul nach, machte überschwängliche Komplimente, nickte allen zu, setzte mich zu Valentina, lächelte, lachte, stand sofort auf, als mir die Bucklige etwas zeigen wollte. Das wird dir gefallen, komm, zwischen den Schlafzimmern gibt es ein Grammofon, sagte sie. Ich empfand Dankbarkeit.

Zum Schluss gab es Zitroneneis, Mandelkuchen und Früchte, dann Espresso und Cognac. Nun war es Abend. Wir durften uns frisch machen im hinteren Badezimmer. Ich fand dort eine geschliffene Glasflasche, *Acqua di Genova* hieß es in Goldschrift auf der weißen Etikette mit den drei Grazien, ich bediente die beige Pumpquaste aus gehäkeltem Garn, es roch frisch. Matilde erklärte mir später, es sei ein *acqua mirabilis,* wie Kölnisch Wasser, im Jahr der Uraufführung von Verdis *Traviata* für das Königshaus Savoyen kreiert. Sie benutzte Acqua di Genova als Deo, ihr Parfum war Shalimar, Guerlain, Paris. Sie verließ das Haus niemals ohne diesen Duft. Ein komplexer Duft biete Schutz gegen die Banalität des Alltags.

4711 kannte ich. Meine Mutter behauptete, das habe gegen die Pest geholfen. Ich dachte an die Etikette, die ich als Primarschulkind bewundert hatte. Gold und Blau. Wie für Königinnen. Zwei Kirchen waren abgebildet, darüber thronte ein Band mit der Aufschrift *Dieu et mon droit.* Als Kind sprach ich es aus, wie es da geschrieben stand. Meine Mutter hatte es feierlich mit *Gottes Segen* übersetzt. Wenn es um die französische Sprache ging, wurde sie ernst.

Gottes Segen, das verstand ich nicht. Wie konnte man Gottes Segen aus einer Flasche sprühen? Dass sich der

Mensch damit eigenmächtig eine Aura verpasste, war mir noch nicht klar. Seine tägliche Taufe war das, seine Selbstweihung. Für mich roch 4711 zuerst gut, dann sagte der Vater, es sei billig. Vielleicht hatte er recht, es konnte nicht wertvoll sein, die Mutter hatte es mir abgetreten, und sie war nun wirklich nicht der großzügige Typ. Das Wasser war offensichtlich nicht gut genug für sie gewesen. Klar, es stammte ja nicht aus Paris, sondern aus der Stadt des Karnevals. Du kannst es als Raumspray benutzen, sagte der Vater, das Haus hätte es dringend nötig.

Paul und ich waren bereit für das, was folgen würde. Matilde hatte darum ein Geheimnis gemacht. Zieht euch festlich an, war der einzige Hinweis gewesen. Matildes Überraschung: ein Opernbesuch im Teatro Carlo Felice für ihren Paul und seine neue Freundin, die alle *la fidanzata* nannten. *Tosca!* Matilde hatte sich herausgeputzt, mit etwas zu dunkel nachgezogenen Augenbrauen, der Lippenstift war perfekt aufgetragen, man ahnte mehr als sechzig Jahre Praxis. Über ihrer Lieblingskette trug sie ein fünfrangiges Perlencollier, dazu zwei breite Armbänder und den Diamantring, den ihr Mann für sie hatte machen lassen, an der anderen Hand den Granat. Sie entschuldigte sich bei Paul, nur ein Halbedelstein für die Oper, aber er passt ausgezeichnet zum dunkelroten Kleid.

Ich hatte das Bedürfnis, ihren Ärmel aus feinem Seidencrêpe zu berühren. Da fasste sie kurz meine Hand und schaute mich an. Ihre Augen waren hellbraun. Wir hatten nicht viel miteinander gesprochen, mein Italienisch war zu schlecht für Vorstöße oder Reverenzen. Die waren auch gar nicht nötig gewesen, wie ich jetzt wusste. Matilde mochte mich, sie hieß mich willkommen, ich durfte bleiben, ich war gut genug. Dann ließ sie sich von Paul umständlich in ihren Zobel helfen, ich sah, wie sehr sie es genoss. Sie schnalzte mit der Zunge.

Obwohl Paul protestierte, hatte Matilde darauf bestanden, mit ihrem Wagen in die Innenstadt zu fahren. Eine Freundin hatte ihr eine Garage in der Nähe der Oper zur Verfügung gestellt. Es war bereits alles organisiert, als wir in ihren cremefarbenen Fiat Uno stiegen. Sie gab zu viel Gas beim Anfahren, dann lief es glatt, abgesehen von einem Lackkratzer beim Einparken.

Sie sollte mit dreiundachtzig nicht mehr Auto fahren, sagte ich. Du musst mit ihr reden, Paul.

Ich werde darauf achten, dass sie in der Pause keinen Rotwein trinkt.

Wie ich Tosca liebte! Vielleicht, weil sie eine Sängerin ist. Die junge Polin, die sie verkörperte, überzeugte mit vielschichtiger Stimme. Sie scheute sich nicht, die Partiturgenauigkeit den heftigen Emotionen unterzuordnen. Das *Vissi d'arte* war ein Universum an Regung und an Hingabe, die in lasziver Haltung auf dem Boden endete. Würde diese junge Sängerin vor dem Verschleiß, den viele in dieser Branche erfuhren, verschont bleiben? Würde ich verschont bleiben? Konnte ich mich schützen? Damals wusste ich wenig über die Opernwelt und das Leben.

Ich schaute immer wieder zu Matilde.

Es war eine moderne Inszenierung, mit Bezug zum G8-Gipfel. Sie zeigte einen Polizei- und Überwachungsstaat, überall Spitzel und Kameras. Bei der erschreckend realistischen Folterszene nickte Paul ohne Unterlass, ich nannte es das Staccato-Nicken, ein nervöser Tick. Die Tragödie auf der Engelsburg endete vor einer schwarzen Wand. Das Hausorchester spielte die kongenial instrumentierte Partitur mit voller Wucht.

Ich dachte an das vergangene Jahr, das nicht nur den G8-Gipfel und Nine Eleven gebracht hatte, Pauls Eltern waren umgekommen und wir hatten uns gefunden. Es kam mir unwirklich vor.

Matilde war ergriffen, wenn nicht aufgewühlt. Sie hielt die Vorstellung reglos aus, wie gefroren saß sie da. In der Pause trank sie ein Glas Rotwein zur Beruhigung, Paul hatte sich erfolgreich als Chauffeur anbieten können. Ich fragte, ob sie zufrieden sei mit der Aufführung. Sie sagte nur, ich will euch nicht den Abend verderben. Dann hing sie ihren Gedanken nach, ich kannte sie noch nicht gut genug, um eine Interpretation zu wagen. Paul sagte später im Hotel, Matilde hat bestimmt an ihren älteren Bruder gedacht. Was ist mit ihm geschehen?, wollte ich wissen. Erzähl ich dir ein anderes Mal.

Auf dem Weg zum Parkplatz gab Paul Matilde Feuer, sie sog den Rauch in die Lunge, der Trost floss, das sah ich ihrem Gesicht an, es entspannte sich ein wenig. Sie ging sehr gerade, ihre Hände steckten in schwarzen Samthandschuhen, ihre Absätze klapperten. Matilde Musso. Mein Künstlername würde Nina Musso lauten, das stand fest.

Als wir auf dem Rückweg am Teatro Carlo Felice vorbeifuhren, sagte Paul, ich war in meiner Jugend sehr beeindruckt, wie trotzig die Theaterruine dastand, mitten in der Stadt, ein Fanal des Widerstands. Der Ort der Musik und des Gesangs ist mehrfach angegriffen worden, die Granate eines britischen Kriegsschiffes hat 1941 das Auditorium und den wertvollen Dachhimmel getroffen. Zwei Jahre später zerstörten Brandbomben die Seitenbühnen, Plünderer stahlen die Metallkonstruktion des Hintergebäudes. 1944 die Fliegerangriffe. Übrig blieben Seitenwände und Logengänge ohne Dach. Weißt du, das Carlo Felice bedeutet für mich, dass Wunden heilen, auch wenn es lange dauert. Und es erklingt Musik, die letzten Worte waren von mir. Und wie, sagte Paul, die in Europa führende Bühnentechnik versteckt sich hinter der Säulenvorhalle. Raffiniert, oder?

Erst vor zehn Jahren war das Haus wiedereröffnet worden, ausgerechnet mit Verdis *Il trovatore.* Paul fand das falsch, er konnte Verdi nicht leiden. Der hat sich trotz seiner vierzig Winter in Genua geweigert, eine Oper zum 400-Jahr-Jubiläum der sogenannten Entdeckung Amerikas zu komponieren, *come on!* Kolumbus kann mir zwar auch gestohlen bleiben, trotzdem war das unpassend.

Endlich trat Paul aus dem Bad.

Das hat ja eine Ewigkeit gedauert, sagte ich. Ich denke gerade über die Oper nach.

Du denkst immer über die Oper nach, Nina.

Er legte sich frisch geduscht und parfümiert neben mich aufs Hotelbett.

Wenn du dich wieder fürs Ensemble bewerben willst, ich fänd's gut.

Ich hatte mein festes Engagement vor sechs Jahren aufgegeben, als Freie waren die Möglichkeiten eingeschränkt. Den Abbruch der Karriere, wie ich es für mich nannte, hatte ich trotzdem gut weggesteckt, zugunsten eines höheren Gutes. Wobei, war ich je so versessen gewesen auf Kinder wie Paul?

Ich werde es mir überlegen, sagte ich. Irgendwie muss es ja weitergehen. Du riechst sehr gut, übrigens.

**

Ende 2001 sahen Paul und ich uns zum ersten Mal in einer Turnhalle, im Januar aßen wir *lasagnette al pesto* und spürten Matildes Segen, im Februar schenkte mir Paul den Verlobungsring: einen lupenreinen Einkaräter von Tiffany & Co. an der Bahnhofstrasse 14, in der Farbe D, hochfeines Weiß in der typischen Zargenfassung für viel Licht. Ich bekam ein Zertifikat. Kosten: 20 000 Franken. Das wusste ich von einer befreundeten Sängerin. Sie hatte viele Preise im Kopf, was auf eine akute Unterbeschäftigung hindeutete. Im Mai wurde geheiratet. Dass Paul und ich nach unserer Eheschließung im Stadthaus gleich nach Genua fuhren, keine Hochzeitsreise, nur ein Hochzeitswochenende machten, brachte die Kollegin bestimmt nicht mit ihrer Preisliste zusammen, der Ring hätte doch eher zu den Malediven gepasst.

Während der folgenden zehn Jahre bekam ich Ende Dezember jeweils einen Tiffany-Anhänger in Schlüsselform geschenkt. Paul sagte, damit möchte ich dein Herz öffnen, immer wieder. Den Anfang machte er mit einem schlichten Schlüssel in Gelbgold, dann folgte der Kronenschlüssel mit Emaille, später das Brillanten-Kleeblatt, Atlas und Fleur de Lys. Tiffany Keys seien Träger von Optimismus und Hoffnung, ließ das Unternehmen verlauten, strahlende Symbole für eine glänzende Zukunft und für Selbstverwirklichung, Unabhängigkeit, Zuversicht und Kraft. Eigentlich für alles. Wie manche Horoskope oder Wettervorhersagen.

Paul war das egal, er wollte mich verwöhnen. Ich sammelte die Schachteln, deren Blau in New York einen eigenen Namen bekommen hatte, *Tiffany blue,* inspiriert vom Farbton der Rotkehlcheneier, einst gewagter Farbton und *Talk of the Town. Tiffany blue, blu di Genova,* daraus wuchsen Pauls Träume – und meine auch. Ich stapelte die Schachteln im Bücherregal. Nach zehn Jahren kamen die Herzen. Zehn Schlüssel hatten alle Panzerschränke geknackt. Sie baumelten zusammen mit sechs Herzen an meinem Bettelarmband.

Ab Mai trugen wir beide einen Ehering am kleinen Finger, ein satt sitzendes Möbiusband, das *Eternal Golden Braid* in massivem Platin. Paul sprach beim Hochzeitsessen den Toast: *Once upon a time there was a story that began once upon a time.* Wir hatten die Eheringe in Chur bei Pauls Onkel machen lassen, Konrad Schmid, der mir schon wegen des VW-Käfers ein Begriff war. Damit Paul das Nummernschild behalten konnte, hatte er den Wagen auf Konrads Namen laufen lassen. Mein Onkel ist der beste Goldschmied Europas, sagte Paul. Das traf sich gut. Es war schön, einen Schmuck aus der Heimat der Großeltern zu besitzen. Die Schmids waren im ganzen Land und bis nach Australien verstreut.

Ein Ring am kleinen Finger bedeutete bei den Griechen Ewigkeit, hatte mir ein Historiker gesagt, mit dem ich ein Techtelmechtel hatte. Eine Möbiusschleife im teuersten Metall der Welt am kleinen Finger bedeutete also eine dreifache Sicherung, eine vierfache, wenn wir das *pinky promise* der Briten dazu nahmen und, fünftens, wollten wir uns gegenseitig für immer um den kleinen Finger wickeln. Musik und Mathematik bürgten für uns, sie waren wesensverwandt, wir wussten es nicht erst, seit wir miteinander im Kreis gerannt waren.

Wir verstanden uns, wir waren im Einklang, redeten

dauernd miteinander, das war unsere Leidenschaft, reden, fabulieren, denken, Probleme wälzen und variieren. Reden hieß auch: die Stimme des anderen bewundern, ihr nachhängen. Abgesehen von unserem *annus horribilis,* das uns zum Verstummen gebracht hatte, das uns zwang, das Unabänderliche anzunehmen, das uns zu schrecklich tapferen Leuten gemacht hatte, waren wir Menschen, die ihre Leidenschaften lebten. Bis auf den Sex war alles gut.

Paul fragte, bist du wieder am Tagträumen, Nina?

Ja.

Nun ging ich ins Bad, es war bereits zehn Uhr, hoffentlich bekamen wir noch Frühstück. Eine Dusche hielt ich nicht für nötig. Es gab Leute, die sauber aussehen, und Leute, die sauber sind. Ich sah immer sauber aus, schwitzte wenig. Meine Haare brauchte ich nur einmal pro Woche zu waschen, maximum, und ich litt nie unter unreiner Haut. Die Natur meinte es gut mit mir. Das hatte ich von meiner Mutter geerbt. Mein Vater war Zahnarzt in Lenzburg gewesen. Dort war er geboren, dort war er vor einigen Jahren gestorben. Dazwischen hatte er immer ungeduscht ausgesehen, vor allem, wenn er sich für meine Mutter und mich besonders betont nicht interessierte. Aber er war ein zuverlässiger Bezahlvater gewesen, essenzieller Punkt meiner Restanerkennung für diesen nicht fassbaren Erzeuger.

Weitere Pluspunkte bekam er dafür, dass ich, bereits als Kind, seine Museumskataloge durchblättern und seine Schallplatten auflegen durfte. Die Sammlung war imposant und gehörte jetzt mir. Meine erste musikalische Erinnerung war das *Ave Maria* von Bach/Gounod, das mich vor Glück erstarren ließ. Ich fühlte mich wie ein Gebet. Während der

Schulzeit war ich fest davon ausgegangen, dass diese Komposition an meiner Hochzeit gespielt werden würde, was ich Paul gegenüber als romantische Schwärmerei abtat. In Wahrheit war ich enttäuscht gewesen, als er eine kirchliche Heirat kategorisch ausschloss. Paul sagte, er habe null Sinn für Dinge, die er nicht erklären könne. Das behauptete er, obwohl er Kierkegaard las und betonte, er sei ein guter Protestant. Ich hatte den Verdacht, dass ihm der Pfarrer, der ihn und seine Schwester nach dem Tod der Eltern begleitete, zu nahe getreten war. Seit der Abdankung verweigerte er jeden Kirchgang. Deshalb fürchtete ich mich ein wenig vor der heutigen Totenmesse.

Im Lenzburger Esszimmer gab es viele musikalische Freuden, dort stand der Plattenspieler, ein Kenwood mit Palisanderdekor, halbautomatisch, Riemenantrieb, wohl schon vor meiner Geburt angeschafft. Die rauchgraue Abdeckhaube ließ mich immer an eine ganz bestimmte Stimme denken, die sich später als Matildes Stimme herausstellen sollte. Auf dem Plattenspieler lief *L'incoronazione di Poppea* von Monteverdi mit der Zürcher Sopranistin Sylvia Gähwiller und dem Tonhalle-Orchester. Mein Vater hatte auffallend viele Aufnahmen mit dem Tonhalle-Orchester und ihr. Herzzerreißend, wie sie in Händels *Julius Caesar* die Kleopatra gab. Mit Purcell in der Endlosschlaufe fuhr ich fort, ich seufzte bei *Dido's Lament* – Dido und Äneas! Es sang Felicia Weathers. In *Madama Butterfly* brillierte sie im Liebesduett *Bimba dagli occhi pieni di malia.*

Die Zauberflöte hörte ich rauf und runter, vielleicht konnte ich sie deshalb bald nicht mehr ertragen, sie kam mir vor wie Pop. Trotzdem liebte ich später den Part der Pamina.

Die Arie *Come per me sereno* aus Bellinis *Somnambula* rührte mich zu Tränen. Mozarts *Entführung aus dem Serail* mit Marilyn Tyler, sie musste ein Engel sein, *Ach ich liebte so wunderschön* klang himmlisch. Ich war im Himmel der Musik, die aus Vinyl aufstieg. Ich sang alles mit, auch den Chor. Kein Wunder, war ich im Ensemble der Oper Zürich gelandet. Zürich sang bereits im Lenzburger Esszimmer.

Als Primarschülerin hatte ich meine eigenen Rituale. Wenn ich die Hausaufgaben in weniger als einer halben Stunde erledigt hatte, belohnte ich mich mit einer Stunde Plattenhören vor dem Abendessen. Bei einer guten Note durfte ich Museumskataloge anschauen. Beides gleichzeitig ging nicht. Die schönsten Arien waren Zauberworte für das Tor zu einer Welt, in der alles möglich war, die Menschen schienen schwerelos und mochten sich. Der Vater hörte am Sonntagmorgen Musik, er wollte allein sein, aber weil er so versunken war, gelang es mir manchmal, mich ins Esszimmer zu schleichen. Ich saß unter dem Tisch, betrachtete diesen seltsamen Vater und wartete, bis er mich erwischte und rauswarf.

Meine Mutter war zufrieden, wenn ich Musik hörte. Sie wusste das Kind prima beschäftigt und konnte vor sich selbst als gute Mutter und Hausfrau gelten, was sie zeitlebens sein wollte, Hausfrau – ein Wort, das für mich nach Habitat klang, nach Terrarium mit Nasszelle, ein Aquaterrarium mit Wärmelampe, Filter und Wasserpumpe. Meine Mutter bestand auf diesem Titel, obwohl Fernsehprogrammspezialistin, Kettenraucherin oder Sandwichmacherin besser zu ihr gepasst hätte. Vom Putzen hielt sie gar nichts, Kochen war ihr nicht gegeben. Das hatte ich neben der reinen Haut auch von ihr geerbt.

Heute lebte sie im Palma Park, einem schicken privaten Zürcher Altersheim in der Nähe des Klusplatzes. Bis zu ihr waren es von uns aus zehn Minuten zu Fuß. Siebenundvierzig Zimmer, mitten in der Stadt, *in einer ruhigen Oase, umgeben von alten Bäumen und einem Hauch Romantik,* so stand es im Prospekt. Und der übertrieb nicht. Die Residenz hatte im Garten einen Teich und einige Palmen, die den Winter überlebten. Meine Mutter wohnte zum Park hin, mit Balkon, Bad und WC, im Obergeschoss, 22,8 Quadratmeter, 4430 Franken pro Monat, inklusive Mahlzeiten und allem Drum und Dran. Die Betreuerinnen waren freundlich. Die Mutter spielte Skat und genoss das Leben, alles hier war weit entfernt von den herkömmlichen Verlöschungsanstalten. Außerdem war diese Perle geschützt vor *schwer verhaltensgestörten Personen,* die wurden hier nicht aufgenommen, das war in den Statuten festgehalten.

In der Altersresidenz meiner Mutter waren alle gesund und munter, Paul und ich mussten uns also alleine mit den Verhaltensgestörten da draußen rumschlagen. Die Mutter nahm den Spott gelassen, mit ihrer Hormonersatztherapie ging es ihr prächtig, sie war ausgeglichen wie ein Stück Holz. Früher war sie unberechenbar gewesen, nie gut auf Männer zu sprechen, was allerdings auch die Hormone nicht abstellen konnten. Nach dem Tod meines Vaters hatte sie, auf eine neuerliche Bindung angesprochen, geantwortet, schnarchen kann ich selber – und dazu gegrunzt.

Ich wusste nicht genau zu sagen, weshalb die Mutter den Vater nicht mochte, ob es einen weiteren Grund gab neben der häufigen Abwesenheit. Er rannte ja dauernd zum Tennisspielen mit seinem Freund aus dem Polytechnikum, wie er die ETH nannte. Keine Ahnung, was für ein Freund das war. Es war mir egal. Als ich auszog, von WG zu WG gondelte, bezahlte der Vater, was ich forderte, ohne Kommentar, er finanziete mir auch die Matura am Freien Gymnasium Zürich, einer traditionsreichen Privatschule. Dass er mich uninteressant fand, kostete ihn eine schöne Stange Geld.

Meine Mutter hatte kaum gemerkt, dass ich weg war. Sie sah fern, aß ein Sandwich und rauchte ihre Zigaretten Marke Mary Long wegen des gleichnamigen Songs von Deep Purple. *How did you lose your virginity, Mary Long? ... When will you lose your stupidity, Mary Long?* An den Refrain würde ich mich immer erinnern. Als der Vater tot war, wechselte sie ab, ein paar Wochen rauchte sie Mary Long, ein paar Wochen Parisienne, aus sentimentalen und patriotischen Gründen, sagte sie. Beide Zigarettenmarken waren aus dem Jura, *Swiss Made.* Für Mary Long hat eine Frau Modell gestanden, die im Zürcher Ballett tanzte. So eine wie du, sagte sie. Und Parisienne erinnert mich an Paris. Dort verbrachte ich die glücklichste Zeit meines Lebens, bis dein Vater dazwischenkam. Ja, ja, sagte ich. Ich fragte nie nach. Insgeheim spielte ich mit dem Gedanken, mit dem Rauchen anzufangen, das mich immer an meiner Mutter aufgeregt und zum Husten gebracht hatte, während sie den Vater mit ihren eingefärbten Zähnen auf die Palme brachte. Sie genoss seinen Ärger, falls er mal zu Hause war. Sie sagte, Streit ist Beziehung.

Ich hatte Lust auf Rauchen gehabt, aber mir fehlte die Einsicht. Mir erschloss sich das, was das Rauchen einer Frau gab, erst, als ich vor siebzehn Jahren in Genua Matilde und die ebenfalls schlotende Valentina und Greta traf. Ich beobachtete, wie der sprichwörtliche blaue Dunst aus ihren

Mündern und Nasen trat, die zu Nüstern wurden, und ich verstand, dass zu einer Frau eine Zigarette gehörte, so oft wie möglich. Nur so wurde sie frei und unabhängig, sie konnte überall stehen mit einer brennenden Zigarette, die gab ihr Halt, ließ sie nie aussehen wie bestellt und nicht abgeholt.

Die Zigarette war ihre Liebhaberin, immer dann Feuer und Flamme, wenn man sie brauchte und wollte, ihr Rauch drang in den Körper und umschmeichelte ihn gleichzeitig – treu bis zum Tod. Gleichzeitig wachte der ausgetretene Rauch über die Raucherinnen, als nähre die Zigarette, besonders die ohne Filter, permanent die Götter und guten Geister. Die Raucherin bekam Schutz und Schirm, sogar vor dem Fernseher. Die Zigarette macht die Frau zu einem selbstreinigenden Backofen, sagte meine Mutter, eine besonders misslungene Metapher, jetzt leuchtete sie mir ein. Die spießige Mutter und Hausfrau hatte ein Leben lang das Richtige getan. Leider hat sie mich so vollgequalmt, dass ich mit sechzehn nach Zürich abgehauen bin. Dort konnte ich freier atmen.

**

Als Sängerin befolgte ich eisern das Zehn-Punkte-Programm. Viel Trinken hält die Schleimhäute im Kehlkopf feucht. Deshalb immer Flüssigkeit dabeihaben. Wasser, Kräutertee oder milden Saft. Kaffee ist okay. Schwarzer und grüner Tee enthalten Gerbsäuren, die die Schleimhäute austrocknen. Keine Milch! Laktose legt einen Film über die Stimmlippen. Nach Kaffee und Tee mit einem Schluck Wasser nachspülen. Bonbons lutschen. Salbei, Irisch Moos, Emser Salz. Ich war die Frau mit dem Emser Salz. Kein Menthol, keine ätherischen Öle, zu scharf.

In den Bauch atmen, das entspannt. Für eine starke Stimme das Zwerchfell trainieren. Tief Luft holen, Eisenbahn spielen (sch-sch-sch), eine Kerze auspusten (fff-fff-fff). Schultern und Nacken locker machen. Herzhaftes Gähnen für einen entspannten Kehlkopf. Die natürliche Stimmlage finden. Mit mmh ... mmh Zustimmung signalisieren. In dieser Tonlage sprechen. Aufwärmen mit Summen, für die Stimmlippen ist das wie eine Massage. Räuspern: verboten. Das reizt, die Stimmlippen produzieren den weggeräusperten Schleim nach. Lieber schlucken, gähnen, hüsteln. Langes, lautes Sprechen vermeiden. Nicht Lehrerin werden! Bei Heiserkeit leise sprechen, nicht flüstern. Am besten schweigen. Diesen Punkt beherzigte ich selten.

Das Rauchen war im heiligen Dekalog für Sängerinnen unter dem letzten Punkt untersagt: Rauchen schadet den Stimmlippen. Im Volksmund heißen sie Stimmbänder, zwei Zentimeter lang, sie sitzen im Kehlkopf am oberen Ende der Luftröhre und können sich eng aneinanderlegen oder öffnen. Sie schieben sich der Atemluft in den Weg, werden in Schwingung versetzt, Rachen, Nase, Mund dienen als Resonanzkörper. Da ist er, der Ton.

Stimmlippen waren meine oberen Schamlippen. Wenn ich mich schämte, verstummte ich, die Schamlippen lagen aufeinander, reglos, das hatte nur einen Vorteil: Ich konnte nicht heiser werden. Der Rest des Körpers zog nach, verstummte, die unteren Schamlippen, auch Labien genannt, blieben verschlossen. Die Stimme versagte weiterhin ihren Dienst. Sie versagte allerdings auch ihren Dienst, wenn die unteren Schamlippen zu sehr strapaziert oder nicht beachtet wurden, zu wenig Sex und zu wenig Berührung schadete der Stimme, zu viel Sex und zu viel Berührung auch, sie wurde heiser. Punkt elf hätte heißen müssen: moderate sexuelle Aktivität beachten.

Ich schminkte mich in dem hallenden Hotelbadezimmer, kreiste mit dem Becken. Ob Matildes Ozeandampfer auch 365 Fenster hatte wie das Kloster Marienberg? Für jeden Tag des Jahres ein Fenster, was gern als Märchen abgetan wurde. Ich glaubte an die 365 Fenster, nur Nieten glaubten nicht an poetische Geschichten. Sie glaubten nicht nur nicht daran, sie wollten die Geschichten anders erzählen, verwässern oder verbieten. Aus Angst? Die Freudlosen wollten denen, die sich freuten und sich berauschten, immer alles verbieten. Auch das Rauchen.

Vielleicht hatte der Ozeandampfer so viele Fenster wie das Kloster Marienberg, aber Matilde stand nicht sehnsüchtig am Fenster – die Betrachterin wurde von Wehmut erfasst. Matilde! Rauch! Mach Liebe, jede Nacht! Auf jede Weise. Für alle, die nicht jede Nacht Liebe machen und schon gar nicht auf jede Weise. Rauch eine weitere Zigarette für mich, als wäre es die erste, als wäre es die letzte. Das klang nach Oper. Valentina und Greta nickten. Während Matilde am Fenster stand, sah ich, wie Greta Valentina von ihren Pistazien anbot. Ich hatte Hunger. Paul und ich mussten gut frühstücken, das Mittagessen würde heute ausfallen.

**

Von Greta wusste ich zu wenig, aber ich wusste genug, um sie zu mögen und zu fürchten. Sie war eine alte Frau, leidenschaftliche Raucherin, die die filterlosen englischen Zigaretten der Herrschaft rauchte und nicht etwa die schwarzen Krautstengel der italienischen Arbeiterin, die *Nazionali* oder *Marlboro Siciliane.* Greta stand seit hundert Jahren in Matildes Diensten und galt offiziell weniger als ein Fliegenschiss. Ein Individuum war ihr Dienstmädchen für Matilde nicht, nie schaute sie sie direkt an. Nur das Rauchen verband sie. Jeder Frau stand eine stilvolle Zigarette zu, das war klar und lief unter rudimentärem Menschenrecht.

Was Valentina über Greta dachte, war weniger durchsichtig. Beide Schwestern sprachen immer nur von ihr als *la donna,* eine Abwertung, das Verweisen an einen Ort: in die Küche, an den Putzeimer. Trotzdem klang es in meinen Ohren wie ein Titel, eine Auszeichnung: die Frau der Frauen im Hause der Damen. Und für diese, das sahen die Damen genauso, war auch die populäre Merit nicht gut genug oder Diana Blu, die, obwohl amerikanischer Herkunft, als traditionell italienisch galt. Matilde und Valentina hielten die unpatriotische Craven A für unerlässlich. In diesem Punkt waren sie für Gleichberechtigung. So machte der ganze Haushalt *bella figura.*

Greta war zuständig für Sauberkeit, Einkaufen, für das *mise en place* in der Küche und für den Lambrusco. Der hatte sich irgendwann eingebürgert, weil sie das billige Gesöff immer in der Handtasche mitbrachte und offensiv beim Gemüserüsten trank. Lambrusco muss jung getrunken werden, betonte sie. Den teuren aus Modena brachte sie für die Signore am Sonntag und zum Fest. Der schmeckte auch zum Kuchen. Gretas Wahl wurde toleriert und bezahlt. Wenn sie mit der Flasche vor mir stand, drückte sie ein Auge zu, blinzelte, sagte *sì* und schenkte ein. Mir gab sie gern und großzügig davon, wenn die anderen es nicht sahen.

Der Service gehörte nicht zu Gretas Aufgaben, das mussten in der Regel die Verwandten, die Matilde einmal beerben würden, übernehmen. Greta goutierte es wenig, wenn sie zwischendurch servieren sollte. Sie wurde aufsässig, füllte die Gläser geizig und ließ manchmal Lambrusco neben das Glas tröpfeln. Plötzlich waren da Blutstropfen auf dem Leinendamast. Kannst du nicht aufpassen?, rief die sonst zurückhaltende Valentina, das ging sogar ihr zu weit. Unter der Woche tranken die Schwestern *Calatroni* aus Pavia, *vino nero*. Wegen des violetten Schaums, sagten sie, der sei so schön. Vielleicht erinnerte er Matilde an die Zweisamkeit auf dem violetten Sofa.

Greta wohnte mit einem nichtsnutzigen Sohn irgendwo *laggiù,* wie Matilde wegwerfend sagte. Einen nichtsnutzigen Sohn haben fast alle Mütter in Italien, sagte sie, nur die, die keinen Sohn haben, haben keinen nichtsnutzigen Sohn. Greta tat Dinge, wie Paul es formulierte. Ich ahnte das, ich hatte sie beobachtet. Nur, wie kam Paul darauf? Er hatte all die Jahre nichts mit ihr zu tun gehabt, weil er von seiner Tante maximal beansprucht wurde. Er konzentrierte sich auf sie. Im Nebenzimmer besprachen sie finanzielle Dinge, die Matilde brennend interessierten. Wie ging es ihren Konten in der Schweiz, was machten die Aktien? Wirtschaftsfragen und die Liebe zu Paul verbanden sich. Und Matilde intensivierte ihr Verhältnis zusätzlich, indem sie ihn vor zehn Jahren zu ihrem Nachlassverwalter ernannte, ein kräftiges *memento mori.* Ab da hielt Paul noch öfter ihre Hand.

**

Matilde und Paul passten zusammen wie ein weichgekochtes Ei und eine Prise Salz. Paul fand, sie beide seien nach Kierkegaard eher der ethische Typus, an Verständnis füreinander mangle es darum nie, wohingegen Matildes Ehemann und ich eher den ästhetischen Typus verkörperten.

Ich bin also eher der ästhetische Typ? Eher? Dieses Wörtchen gibt es nicht bei Kierkegaard, es gibt nur entweder oder.

Stimmt.

Entweder Blume oder Gärtner. Episodisch assoziativ in der Erzählung, wie ich, oder linear, wie du. Hier Genuss, da Prinzip. Schon ein bisschen einseitig und sehr moralisch, nicht?

Wenn du es so sagst, muss ich zurückkrebsen.

Zu spät.

Paul wandte Kierkegaard auch biografisch auf Matilde an. Der Philosoph hatte sich Hals über Kopf in eine Vierzehnjährige verliebt, als zehn Jahre älterer Mann. Wenn das nicht zu Matildes Liebesgeschichte passte!

Minus den Ausgang der Geschichte, ergänzte ich.

Ja, minus den Ausgang, gab er zu.

Matilde hatte uns in Zürich nie besucht, trotz dutzendfacher Einladung. Wir hätten sie gerne einmal mitgenommen, aber sie sagte, ich habe meine Righi gleich vor dem Haus. Sie spielte auf die Standseilbahn an, die Schweizer Ingenieure vom alten Ghetto auf die bergigen Hügel gebaut hatten, Righi wurde hier mit einem h geschrieben. Paul hatte nach dem Tod seiner Eltern den Bargeldtransport für Matilde nach Zürich und das Risiko übernommen, das war eine Selbstverständlichkeit. Das Gesetz der Göttin stand über dem italienischen und dem schweizerischen Gesetz. Da beugte sich auch der ethische Typ. Der Gewissenskonflikt blieb aus. Paul fuhr gut gelaunt durch den Gotthard, die Scheine steckten in seiner Unterhose.

Wenn Paul bei Matilde saß, war ich frei, in der großräumigen Wohnung umherzugehen, die Kronleuchter zu bewundern und meinen Kopf in die Küche mit dem vielen Marmor zu stecken, wo mich die Schwestern nicht gern sahen. Ein Gast hatte sich unbedingt auszuruhen und die Aussicht vom Balkon, der auf den Park und die Stadt hinausging, zu genießen.

In der Küche gab es auch einen Balkon, dort stand Greta oft mit Valentina, Hüfte an Hüfte. Sie wirkten vertraut. Ich konnte das nicht einordnen. Körperlich war hier viel mehr als die Demokratie ausgebrochen. Greta rauchte auf unverschämte Art. Ab und zu lachte sie ihr tiefes Lachen. Valentina war nicht zu hören, sie schaute geradeaus, an die Mauer gegenüber und wackelte ein bisschen mit dem Hintern, der in ihrem Dialekt *o cû* hieß, und das war es, was diese Frauen hatten, einen Podex, der die Zeit überdauerte. Er war nicht flach oder knochig, es war ein richtiger Arsch.

Greta und Valentina sprachen genuesischen Dialekt miteinander. Wenn ich dazukam, verstummten sie augenblicklich. Valentina und Matilde sprachen auch Dialekt, aber leiser. Wenn sie mit der Magd auf dem Küchenbalkon stand, mag Valentina etwas Rauch eingesogen haben. Meine Bronchitis kommt übrigens nicht vom Rauchen, sagte sie zu mir, Craven A ist die mildeste Zigarette, die es gibt. Dass sie den Hals schont, ist bewiesen. Valentina glaubte dem Werbespruch der Hersteller, der versprach: *For Your Throat's Sake*. Greta rauchte wohl zwei, drei Zigaretten mehr pro Tag, für Valentina, so wie sie für Matilde Fleisch schnitt, Patisserie auf eine Porzellanplatte schichtete und in der Espressokanne von Bialetti, *la moca* genannt, auf dem Gasherd Kaffee aufsetzte.

Wenn wir zu Tisch saßen und der Moment gekommen war, Kaffee zu trinken, ging Matilde immer in die Küche und fuhr Greta an, sie solle auf die *montagnetta* achten. In die *moca* war das Kaffeepulver unbedingt als kleiner Berg, naja, Hügel, einzufüllen. Es kam nicht nur auf Qualität, Röstung und Mahlgrad des Kaffees an, auch die Schichtung des Pulvers spielte eine Rolle. Ja, ja, ja, sagte Greta. Jetzt stand Valentina auf, eilte in die Küche und kam erst zurück, wenn der Kaffee fertig war. Hatte sie Greta in Schutz genommen? Paul und ich mussten den Espresso stets unaufhörlich loben und preisen, taten wir es nicht, fragte Matilde sehr ernst, ob er uns nicht geschmeckt habe, was gleichbedeutend war mit der Frage nach unserer Liebe für sie.

Als Paul mit vierzehn zum ersten Mal selbständig von Zürich nach Genua gereist war, gab es keinen Espresso für ihn, Matilde hatte dekretiert, ab sechzehn und keinen Tag früher! Koffein schadet dem Wachstum in der Pubertät. Er half der herrischen wie tatkräftigen Tante mit dem *savoir-faire* trotz Pubertät beim Einkaufen, Kochen und Backen. Er war dabei, wenn zwischen den Schwestern Streit ausbrach und Matilde laut wurde, und er besorgte ihnen beim bestochenen *tabaccaio* an der Piazza delle Fontane Marose Stange um Stange Zigaretten. Das war lange bevor Valentinas Arzt sie zur Ordnung rief. Die Schwestern verbanden Geschmack und Duft des Tabaks mit dem Ende des Zweiten Weltkriegs und dem Anfang des leichten Lebens, was biografisch nicht ganz stimmte, aber sie waren keine Nieten, sie erzählten eine gute Geschichte über sich, über ihre Verluste, ihre Lieben.

Paul öffnete mit Vergnügen die rote Schachtel mit dem schwarzen Katzenkopf, und Matilde schnalzte mit der Zunge. Gib mir *la bête noire!,* sagte sie. Paul reichte ihr eine Zigarette, gab ihr Feuer. Katze zu Katze, Rauch zu Rauch. Und wenn Asche, dann nur die Asche des Schutzpatrons von Genua, Johannes des Täufers, die nach dem ersten Kreuzzug als Reliquie nach Genua gebracht worden war. Der Prozession, die jährlich daran erinnerte, blieb Matilde fern. Sie hatte genug von der Religion. Sie beschuldigte die Nonnen in der Klosterschule, sie von einem Ingenieurstudium abgehalten zu haben. Stattdessen musste sie mit der Handelsschule vorliebnehmen. Der Kirche hat sie das nie verziehen, den Eltern schon.

**

Valentinas Tochter, die Schattige, hatte Paul vorgestern angerufen und ihm die Nachricht von Matildes Tod überbracht. Auf Nachfrage versicherte sie, ihrer Mutter gehe es so weit gut, zumindest nicht schlechter, die üblichen Beschwerden, Dünnhäutigkeit, Sprachverlust, sie sei in jeder Hinsicht geschrumpft und undeutbar.

Im Jahr 2018 kam kein Läufer aus dem Land, wo die Zitronen blühen, nach Zürich, um die traurige Nachricht zu verkünden und tot zusammenzusinken. Manche Menschen schickten vielleicht eine E-Mail oder eine SMS, eine WhatsApp-Nachricht mit einem schwarzen Herzen als tiefste der Gefühlsäußerungen oder einem gebrochenen roten Herzen, einem knallgelben Gesicht mit hellblauer Träne, um zu sagen, deine Mutter ist gestorben, dein Vater, deine Geliebte, dein Geliebter, dein Kind. Dein Leben ist zerstört, du bist am Ende. Die Kommunikation ist viel zu geräuschlos geworden, auch zu bunt für gewisse Mitteilungen, sagte ich, heutzutage kann alles so *easy* gesagt werden, es rieselt, es plätschert, egal, welches Thema. Das Risiko, die Emotionen des anderen aushalten zu müssen, ist minim. Aber, Nina, was hätte die Nichte denn tun sollen? An den Klusplatz anreisen? Nina, das ist ein ganz normaler Vorgang.

Paul saß im Atelierraum, still über dem Fotoalbum. Als er aufstand, umarmten wir uns. Ich fühlte nach langer Zeit wieder sein hartes Geschlecht an meinem Bauch.

Matilde hat es überstanden, sagte Paul schließlich. Wie mag es im Innern von Valentina aussehen? Wie werden sich ihre Abläufe verändern, jetzt, wo die Schwester tot ist? Ich wusste darauf auch keine Antwort. Valentina lebte seit mehr als fünfundzwanzig Jahren bei der Schattigen im gleichen Quartier wie Matilde, ein paar Minuten entfernt, in einer der hinteren Häuserzeilen. Die Wohnung maß etwa ein Drittel von Matildes Residenz. Es war eine Rückstufung gewesen nach dem ominösen Eklat Anfang der Neunziger. Ein Riesenkrach mit Tränen und Drohungen. War ein Mann im Spiel gewesen, ging es um Geld? Ich vermutete, nur Matilde und Valentina wussten, was geschehen war. Die Nichten sagten, das Zerwürfnis sei ihnen bis heute ein Rätsel.

Als ich zum ersten Mal am Corso Firenze zu Gast war, ging Valentina bei Matilde wieder ein und aus. Sie saßen regelmäßig zusammen und leisteten sich Gesellschaft, als sei nichts gewesen. Wenn Matildes Liebling sich ankündigte, tanzte Valentina sofort an, das war das richtige Wort, sie hatte diesen schwebenden Gang, bewegte die Hände anmutig, sprach über den letzten Besuch, als liege er nur zwei Tage zurück, dadurch gewährte sie sofort Anschluss. Valentina gewann die Menschen auf direktem Weg für sich, weil sie nichts forderte. Sie machte alles leicht, dieses Talent war bei ihr, wie bei Matildes einzigem Neffen, stärker ausgeprägt als bei der restlichen Familie.

Die Schwestern mussten sich zusammengerauft haben, wie nach dem Tod ihrer Männer in den Fünfzigerjahren. Damals war Valentina bei Matilde eingezogen, eine Hausfrau aus Leidenschaft, mit Greta im Backoffice, ein famoses Trio, manchmal komisch, meistens munter, keine der drei war maulfaul, wobei die kleine Schwester leicht abfiel, weil schnelle Reaktion und Verteidigung nicht ihrem Naturell entsprachen. Ich habe eine anfälligere Konstitution, sagte Valentina. Körperlich nicht, sagte Matilde, wir sind beide genau gleich zäh, aber du bist sensibler, erträgst Streit schlecht. Im Gegensatz zu dir, sagte Valentina, kommt mir die passende Antwort meist zu spät in den Sinn, manchmal fasse ich später noch nach, manchmal lasse ich es. Oder du kommst mit dem Ewiggleichen, um mich zu ärgern, sagte Matilde. Das gefällt dir doch, sagte Valentina, die in ihrer Rolle als zurückhaltende Zeugin des Lebens der großen Schwester mit der guten Partie ganz aufzugehen schien.

In der Jugend bin ich schwächlich gewesen, erzählte Valentina, im Sommer musste ich zur Jodkur nach Nervi. Ich hatte strikte Anweisung, am Meer zu spazieren, die salzhaltige Luft tief in die Lungen zu ziehen, mich zu erholen, während der Rest der Familie einige Wochen im bergigen

Umland verbrachte. Es war damals nicht in Mode, ans Meer zu gehen. Das war schwierig, wir vier Geschwister litten unter der Trennung, auch die Brüder waren anhänglich, sie mochten uns Schwestern, sie waren stolz auf uns. Natürlich, dachte ich, die eine wild und kämpferisch, die andere zart und vornehm, da kann man schon stolz sein. Matilde sagte, Valentina war immer freundlicher als ich. Valentina lächelte.

Ihren Mann, einen Offizier, hatte der Zweite Weltkrieg getötet. Er war nicht an der Front gefallen, er war ein paar Jahre später gefallen, vom Stuhl, buchstäblich, ein dummes Wortspiel, aber so vieles, was geschehen war, klang dumm, ja unglaubwürdig. Valentinas Mann starb in einem Krankenhaus in Ligurien, weil alles an ihm verfault war. Schwere Zeiten, sagte Valentina, sehr schwere Zeiten. Sie erzählte von Leid und Trauer, so, dass die Atmosphäre dicht wurde, was dem Erzählten etwas Wahrhaftiges und Tiefes attestierte, aber die einzelnen Ereignisse blieben schwammig. Viele alte Menschen erzählten auf diese Art, zwei, drei Brocken und viel Gefühl, geräuschvolles Atmen, in die Ferne schauen, den Kopf schütteln. Sie sagten, ja, so ist das Leben. Andeutungen, oft mit dem Hinweis, das erzähle ich dir ein anderes Mal. Und man traute sich nicht nachzufragen, aus Angst, es könnte bei klarer Erinnerung etwas zerspringen.

Valentinas Mann musste ein Baumstamm von Kerl gewesen sein, liebenswürdig, ein paradoxer soldatischer Führer, Antimilitarist. Faschistenhasser. Wenn Valentina von ihm erzählte, schaute sie auf ihren Ring, einen großen dunkelgrünen Smaragd im facettierten Carrée, seitlich je ein runder Brillant: das große Eckige, das von diesen abgerundeten Erinnerungen gehalten wurde. Sie hatte mit dem Baumstamm, dessen Name nie gefallen war, eine Tochter, die wir die Schattige nannten, weil sie gerne im Schatten ihres dominanten Mannes stand.

**

Paul war aufgestanden, als ich aus dem Bad kam. Sein neuer Duft von Tom Ford tat dem Raum gut, er hieß *Vert d'incens,* und die Werbung dafür las sich musikalisch: Akkorde von Weihrauch gesellen sich zum Duett von Kiefer- und Fichtennoten, zur Frische von Zitrone, Bergamotte und Basilikum. Grüner Weihrauch. Mit Basilikum! Ich hatte im Geschäft sofort an Paul gedacht.

Du riechst so gut, Mann, sagte ich nochmals. Wir umarmten uns lange. Wir hatten uns diese Umarmungen angewöhnt. Bis vorgestern waren sie passiert wie das tägliche *I love you* in den SMS. Nun spürte ich wieder sein Geschlecht. Es sagte, hier steht ein Mann, Nina, ich bin vielleicht dein Freund, aber ich bin vor allem dein Mann, kein Sprechapparat, keine Zuhörpuppe. Ich erschrak über meine eigenen Gedanken. Warum hatte er so etwas nie gesagt, wir sprachen doch dauernd miteinander? Die Konversation war unser Ding, denken und reden, frei von der Leber weg, wir waren in Kontakt, wir waren verbunden, wir waren ein attraktives Paar, wir liebten uns, wir waren heftig befreundet.

Ich sagte oft scherzhaft, wir sind doch die Kennedys von Zürich, ich sagte es vor allem, wenn ich ihn betrachtete, seine makellos weißen Zähne. Ich sah auch ganz passabel aus, das gehörte in meinem Business dazu. Der Kennedy-

Vergleich war schief. Bei uns war alles echt, hie
Flirt, der nichts bedeutete. Ein Flirt kam ohne
ohne Gärtner aus, genauso wie eine kleine Bett

Eine Bettgeschichte, das war ein Bett, keine
ein Bett ohne Geschichte, ein kurzer Satz in unbestimmtem Ton, ungesungen, ein dummer Versprecher, kein bisschen Blau. Er verlor sich im Abend und war weg. Niemand würde sich daran erinnern. Es blieb nichts, nur der Abdruck einer Zahnreihe in der Schulter, zwei Tage lang, dann blich sie aus. Eine Bettgeschichte hatte kein Gesicht, kein Auge für das Morgen. Sie richtete einen fremden Raum ein, den zwei betraten und verließen. Hier gab es nichts zu glauben, nichts zu lieben, nichts zu hoffen. Eine Bettgeschichte wurde nicht publik, keine Angst. Die Delle im Kissen, die Kleider auf dem Boden machten nicht traurig, nur matt und müde. Eine Bettgeschichte fand neben dem Zählrahmen statt, der auf einem Tisch stand in einem Haus, weit weg von hier. An der Tür stand irgendein Name, noch nie gehört.

Paul war der monogame Typ, es war sein Naturell, nicht mein Verdienst. Hätte er eine Affäre, es wäre keine Affäre, er würde sich von mir trennen, er machte keine halben Sachen. Ich hingegen hielt ein Geständnis für falsch, es legte einen Schatten über zwei Menschen, ohne Not. Unter unserem Teppich gab es keine schmutzigen Geschichten. Meine kleinen Affären bedeuteten nichts, nicht der Rede wert. Betrug war geschmacklos, das war mir bewusst, aber so, wie ich ihn praktizierte, lief er unter *lässliche Sünde*. Er war rein körperlich und flüchtiger Natur, dem Zufall geschuldet. Alles, was ich wirklich brauchte, gab mir Paul. Trotzdem, der heutige Tag würde die Frage nach dem Wesentlichen neu stellen und uns darauf verpflichten.

ehr passend übrigens, dass du wie eine Kathedrale riechst, sagte ich, mein Passagierschiff, das Matilde übersetzt, hat sich vorhin auch in eine Kathedrale verwandelt und ist auf dem Ozean davongefahren.

Warum wird Matilde eigentlich nicht in der Kathedrale beerdigt?, fragte Paul.

Ja, warum nicht?

Der Duomo San Lorenzo war nur einen Steinwurf von unserem Hotel entfernt. Ich sah eine riesige rechteckige Grabplatte aus weißem Marmor vor mir, Carrara, der beste und feinkörnigste, vom Berg Altissimo, in den Boden eingelassen, Blumen darauf, rote Nelken und weiße Lilien, wie in der Thomaskirche in Leipzig, wo Johann Sebastian Bach begraben war. Ich drückte meine Nase tiefer in Pauls Hemd, er drückte seine Nase in mein Schlüsselbein.

Du riechst nach Bergkapelle, sauber und rein, wir müssen etwas dagegen unternehmen, sagte Paul.

Er schaute mich an.

Zeit für ein Parfum, keine Widerrede, nächste Woche gehe ich ans Bellevue zu Wyss, sagte er.

Der hat zu, aufgegeben, alle drei Verkäuferinnen entlassen, da ist jetzt ein Taschengeschäft im mittleren Preissegment für Frauen, die reich aussehen wollen.

Nicht dein Ernst.

Doch.

Dann hole ich ein Parfum für dich auf der Rückfahrt bei Cantarelli. Wir könnten morgen in Mailand essen, was meinst du?

Ist es denn so dringend?, fragte ich.

Dringend nicht.

In Mailand gefiel mir die Scala, Paul hatte in der Nähe

der Via Montenapoleone bei Tom Ford eine größere Auswahl als in Zürich, deshalb verbrachten wir auf unseren Reisen nach Genua ab und zu eine Nacht im Grand Hotel et de Milan an der Via Manzoni. Gleich vis-à-vis lag die ehrwürdige Parfümerie Cantarelli. Das Grand Hotel war der Ort mit dem luxuriösen Kissenmenu, aus dem die Gäste ihr Lieblingskissen wählen durften.

Verdi logierte jeweils in der Suite 105. Darum hieß das Restaurant des Hotels Caruso. Es servierte den gelbsten Risotto Mailands, manche sagten, den besten. Das hätte dem Komponisten gefallen, nach der Arbeit aß er gerne sieben Gänge. Vom Hotel aus überwachte er, wie der Bau des Altersheims für mittellose Musiker voranging, eine Herzensangelegenheit, bis heute aus seinen Opernrechten finanziert. Paul und ich kannten diese wunderliche Institution seit Daniel Schmids *Il Bacio di Tosca*. Ich könnte mich auch in der Casa Verdi bewerben, wenn alle Stricke reißen und ich im Alter kein Geld für den Palma Park habe, dachte ich.

**

Im Grand Hotel et de Milan hatten Paul und ich zum letzten Mal miteinander *verkehrt*, wie meine Mutter sagen würde. Ich hatte keinen besseren Ausdruck, mir fiel dazu wenig ein. Paul machte mir nie Vorwürfe, dass ich nicht darüber sprechen wollte, ich bewunderte ihn dafür, er machte mir nicht nur keine Vorwürfe, er warb weiter um mich, hoffentlich nicht aus Höflichkeit. Hoffentlich war es nicht, damit wir uns abheben konnten von all den Langzeitpaaren, die nichts mehr miteinander zu reden wussten, außer über ihre Kinder und deren Pubertät, die nichts mehr miteinander zu tun hatten, außer Golf spielen und Fresstempel abspulen, stets in Begleitung anderer Paare, die am gleichen Punkt angelangt waren. Die Frauen gingen exzessiv ins Yoga, die Männer rannten Marathon in New York. Wenn wir schon keine Kinder hatten, dann wollten wir wenigstens das lebendigere Paar sein.

Paul fasste mich in Mailand an, mein Körper stellte nicht auf Abwehr, er zuckte nicht zurück, er empfand weder Ekel noch Angst, nur Gleichgültigkeit und deshalb Scham. Es sollte mir doch etwas bedeuten. Immerhin, ich empfand eine kleine abgedunkelte Lust, die ausreichen würde, um zufrieden älter und alt zu werden, vor allem in Kombination mit den Dingen, auf die sich die Erotik zusätzlich niederlassen würde, und mit der Aussicht, wieder mehr zu singen.

Paul und ich sprachen über solche Verschiebungen und über die Ungeheuerlichkeit, dass alle Sinne im Alter nachließen, Tastsinn, Gehör, Geschmack, alles. Auch die Gefühle? Wir sprachen darüber und taten so, als meinten wir die anderen. Doch wann begann das? Mit vierzig? War ich schon so weit? Passierte das anderen erst mit achtzig? Ob Matilde noch an Sex dachte? Sie hatte es gut, sie konnte die Erotik ins Rauchen verfrachten, Rauchen als Selbstbefriedigung und Selbstbefreiung. Rauchen war Handeln und Kampfgeist gegen den Tod. Wie Singen, dachte ich. Ich hatte es auch gut.

So, jetzt sind wir beide angezogen, das ist ja schon mal die erste Tagesleistung, sagte Paul.

Paul, ich beginne, Austern zu schlürfen, wenn ich alt und dürr bin, ich lasse den glitschigen Schluck die Kehle runter und erzähle davon.

Wo bist du denn wieder mit deinen Gedanken, heute ist es schlimm. Und was soll ich tun, wenn du Austern schlürfst? Von früher erzählen, als wir ganz heiß aufeinander waren? Bis du heulst.

Ich heule nicht, ich beginne, Austern zu schlürfen, machst du mit?

Er lachte kurz auf und schüttelte den Kopf. Nein.

Okay, ich werde karitativ, sich so gut fühlen, die Scham der Beschenkten auskosten, das hat doch auch etwas Sexuelles, so ein SM-Ersatz, ich die Dominierende mit den Banknoten, und meine armen *Subs,* die schmachten und sich freuen müssen.

Schon klar, dass diese verdrängten Themen jetzt kommen.

Ich verdränge gar nichts.

Paul drückte mich nochmals an sich, ich genoss die Umarmung, krallte mich fest, er musste mich abschütteln. Er schob mein Kinn hoch, bis ich ihn anschaute.

Was ist los?, fragte er.

Nichts.

Stimmt, Nina. Es ist nichts los.

Schrecklich.

Und *that's it?*

Er nickte metronomisch, der Takt in meinem Leben, dachte ich. Mir kam die Szene in *Shall we dance* in den Sinn, wo Susan Sarandon sagt, dass eine lange Ehe so schön sei, weil sie dem Partner bezeuge: Dein Leben geht nicht unbemerkt vorüber. Ich beobachte dich, ich sehe dich. Paul setzte sich auf das bequeme Sofa von Ikea, ich kannte das Modell, es stand in vielen Hotels. Er nickte erneut, den Tick hatte er seit seiner Kindheit, abends wurde er meistens stärker, jetzt sah es aus, als versuche er, das zu bejahen, was er nicht glauben wollte. Mit Nina läuft nichts mehr. Matilde ist tot. Und dann sagte er, es kommt ja nicht überraschend. Ich wollte nicht mehr einatmen, nicht mehr da sein. Ich wartete ab, aber Paul sprach nicht weiter, da fragte ich vorsichtig, was kommt nicht überraschend? Matilde war hundert, sagte er. Jetzt nickte ich, mir war vor Erleichterung schlecht geworden, ich riss mich zusammen und sagte, ja, hundert Jahre und acht Monate.

**

Paul und ich gingen dem Hobby nach, bei der Beurteilung anderer Paare die Gärtner-Blumen-Frage zu stellen, entlehnt von LaVona Harding, Mutter der Eisprinzessin und White-Trash-Attraktion Tonya Harding, der schrecklichsten Mutter der Filmgeschichte, die den zukünftigen Mann ihrer Tochter so scheinheilig wie barsch fragt, bist du Gärtner, oder bist du Blume?

Waren Matilde und ihr Mann, waren Matilde und Giorgio, waren Valentina und ihr Mann, Valentina und Greta Blumen oder Gärtner oder Gärtnerinnen? Und wie sah es bei unseren Eltern aus? Wer wusste das schon. Wissen wir denn genügend über uns selbst?, fragte Paul. Ich denke schon, sagte ich. Wir sind kinderlos, wir haben eine Menge über uns erfahren. Paul stimmte zu. Kinderlos, auch so ein Wort, wie Jungfernfahrt, dachte ich. Aber man sieht Paare halt nur von außen, nicht in sie hinein, sagte er. Eine Binsenweisheit, antwortete ich. Wenn man Binsenwahrheiten nicht mehr aussprechen dürfte, würde mit einem Schlag nur noch die Hälfte gesagt. Da bliebe nicht mehr viel.

Paul war Gärtner aus Passion, er liebte die Frauen, und die Frauen liebten ihn, seit jeher. Seine Mutter hatte ihn geliebt, seine Schwester mochte den Baby-Bruder.

Matilde war weder Gärtnerin noch Blume, sie war der Garten, symmetrisch angelegt, mit Bux und Gemüse, mit Blumen und Sitzbänken, einer Orangerie, sie bot Raum, verströmte Zeit. Wir waren in diesem großzügigen Garten unterwegs, wir erholten uns vom Alltag. Im Kontrast dazu empfand ich mich als sehr blumig, als Gänseblümchen fühlte ich mich, wenn nicht als dumme Gans.

War dieses Entweder-Oder von Blume und Gärtner ein gefährliches Set-up, eines, das zum Scheitern verurteilt war? Hatte es, zusammen mit unserem durchschlagenden Misserfolg, Kinder zu bekommen, zu unserem Tief beigetragen? War es nur ein fauler Trick, dass wir die zermürbendste Zeit unser *annus horribilis* nannten: um den Schaden einzugrenzen? Hatten wir eine horrible Ehe? Was, wenn es nicht bei diesem einen Jahr blieb, wenn ein kaputtes Eheleben folgen würde? Standen die Zeichen auf Sturm? Nein. Viel eher geschah nichts, unsere Geschichte würde einfach erlöschen. Oder waren diese neuen Umarmungen ein Neustart? Ich gab die Hoffnung nicht auf. Und Paul? Er war ein tätiger Mensch, er hatte auch in seinem Beruf gelernt, sich durchzubeißen.

Paul war Unternehmer, *entrepreneur,* wie ich gerne sagte. Nachdem er jahrelang als Mathematiker bei Banken und Versicherungen gearbeitet hatte, entdeckte er eine Marktlücke. Seine Firma bot strategische Unternehmenslösungen in Zeiten des demografischen Wandels an. Während sich die Digitalisierungscracks auf die sogenannten Millenials warfen, rückte Paul mit seinem Team die gestandenen

Arbeitskräfte in den Fokus. 700 000 würden in den nächsten Jahren pensioniert werden, und nur ein Bruchteil von jungen rückte nach. Die Firma war noch im Aufbau. Pauls Körper, der zwischen den Jungen und den Alten stand, galt als Versprechen, sein gutes Aussehen als Garant für Erfolg. Was hatten sich die Klienten gedacht, als Herr Dr. Schmid ohne ersichtlichen Grund zehn Kilo abgenommen hatte? Dass der Unternehmer sich selber nicht gut beriet? Hatte er Sorgen? Geldsorgen im schlimmsten Fall? Oder nahm er sich einfach zu wenig Zeit für Gym und Sonnenbank? Lustige Geschäftswelt. Paul gefiel sie, er sei da angekommen, wo er hingehöre, sagte er.

Zwischendurch hatte er mit einem Fernstudium in Psychologie begonnen. Ich fragte, bist du jetzt ein alternatives Klischee? Statt des roten Zweisitzers und der zwanzigjährigen Freundin studierst du Psychologie? Um dich zu verstehen? Er hörte nach einem Semester wieder auf. Es sei vielleicht nur wegen *Shall we dance* gewesen, vermutete er. Der Anwalt, der alles hat, fährt auf dem Weg zur Arbeit an einer Tanzschule vorbei, die ihn fasziniert. Irgendwann meldet er sich für einen Kurs an.

Der Ausstieg aus dem Ensemble vor über sechs Jahren war mir nicht besonders schwergefallen. Früher hatte mich der Vater unterstützt, jetzt der Mann, für mich war das in Ordnung, ein Deal, für Paul auch. Er verwöhnte mich gern, als Künstlerin trug ich meine Verantwortung, indem ich das Beste gab, wenn ich auftrat. Nebenbei polierte ich seine respektable, aber spröde berufliche Existenz auf. Ich war der Glamourfaktor. Deine Frau, eine Opernsängerin!

Den Kolleginnen, die sich abrackerten, missfiel mein

Entscheid, das heißt, sie sagten, er missfalle ihnen, ich verteidigte mich nicht, ich schämte mich genauso theatralisch und äußerlich wie es ihnen vielleicht nur äußerlich missfiel. Beneideten sie mich, dass ich, als Pauls und damit unser Kinderwunsch immer stärker wurde, meinen beruflichen Ehrgeiz verlor und bereit war, eine Pause einzulegen? Ich hatte kein Bedürfnis, meine soziale und berufliche Potenz durchgehend zu entfalten, wie manche forderten.

Ich hatte Platz geschaffen für die *Familienplanung,* auch für die Maßnahmen, die auf die Fehlgeburten folgten. Ich hatte Platz geschaffen für Albträume, die aus Gesprächen, Spritzen und Warten bestanden, ich hatte mehr Wissen über meinen Zyklus angesammelt als über Tonarten, den Geschlechtsverkehr erpresst, der sich wie Trauer anfühlte. Es kamen hässliche technische Wörter in mein Leben, Insemination, Superovulation. Und das Reden vom Machbaren.

Ich dachte daran, wie Paul und ich am Zürcher Küchentisch Durchhalteparolen ins Holz gestiert hatten. Wir waren, wenn wir dasaßen, Leute, die sich sympathisch sind, weil sie den gleichen Arbeitsweg zurückgelegt haben. Spazieren sei gut, wurde uns gesagt. Meditation. Sitzungen bei der Psychotherapeutin. Die Gartenarbeit betrübte mich am meisten, ich schnitt die Rosen zu kurz. Ich lag im Bett, fixierte die Wand, ganze Vormittage lang. Dann neuer Wettkampfspirit. Gedopte Eizellen, fit gemachtes Sperma. Die Vermählung im Glas. Embryos auf Reisen. Und wieder mit leeren Händen nach Hause. Ins Ausland wollte ich nicht. War das unverzeihlich? Oder war meine Weigerung weiterzumachen der Grund gewesen, dass Paul viel mehr als sonst arbeitete? Er ging früh, kam spät zurück und nahm an allen möglichen

Konferenzen teil. Er verhielt sich wie ein Protagonist aus einem Dutzendfilm.

Unser Nicht-Verkehren würde ich aber nie unserer Kinderlosigkeit zuschreiben, sie durfte niemals die Macht bekommen, meinen Körper zu beschlagnahmen und zu archivieren. Er war auch ohne Kinder gut. Er brauchte einzig etwas Zeit. Die sexuelle Abstinenz war eine befristete Diät. Dass ich meine Stimme in den vergangenen Jahren mehrmals verlor, war hart gewesen. Ich kämpfte mit allen Mitteln um sie, bis ich wieder singen konnte. Dass das bis jetzt immer geklappt hatte, machte mich stark. Meine Stimme war meine Potenz und mein aktueller Sex – mit mir selbst. Wenn meine Stimme hörbar wurde, war sie nicht mehr Teil von mir, sie trat in eine erotische Beziehung mit dem Körper, dem sie entstammte, sie wurde – an seiner Stelle? – fruchtbar.

Die Stimme einer Sängerin penetrierte alle, die sie hörten, vielleicht ging sie ihnen nie mehr aus dem Kopf, dem Herz und der Seele. Wie viele Menschen trugen die Callas für immer in sich! Sie hatten sie gesehen und gehört, wie sie sprach, wie sie liebte und litt, wie sie rauchte und hungerte. Wie sie von all dem sang.

Mein Gott, Matilde ist tot!, sagte Paul, als habe ihn die Nachricht eben erreicht.

Es geht mir wie dir, ich hänge meinen Gedanken nach, versuche aktiv zu verdrängen, und dann kommt diese Gewissheit wie ein Schlag.

Genau, sagte er leise.

Paul war wunderschön in seiner Trauer, ich kannte sie. Ich wusste, wie es weitergehen würde. Er schaffte das. Ohne viel zu reden. Er war ein Trauerprofi. Ich würde viel reden, vielleicht würde ich auch weinen heute, meine Stimme würde darunter leiden. Wenn die Menschen etwas bewegt, dann ist es ihnen anzuhören, die Stimmlippen bewegen sich stark oder schwach, harmonisch oder unruhig. Fröhliche und verärgerte Menschen sprechen abwechslungsreich, Muskeln und Knorpel im Kehlkopf arbeiten intensiv. Angst und Trauer lähmen, die Stimme klingt monoton. Körperliche Anspannung treibt den Ton in die Höhe.

Mir schlug die Trauer auf die Leber. Ich kannte das. Ich schaffte das. Mit Alexander-Technik. Und wenn gar nichts mehr helfen würde, könnte ich nach Amsterdam zu Margreet Honig reisen. Sie hat viele gerettet. Die Stimmtrainerin in Zürich empfahl, nicht zu laut zu atmen, nicht zu leise einzusingen, moderate Tonlage, und die Spirale, um sich wieder ins Lot zu bringen. Ich nahm Liv 52, gepresste Pflanzen, ayurvedisch, dazu zwei Packungen Fexofenadine Zentiva, ein Antihistaminikum, offiziell diente es nicht der Stimme, sondern der Stimmung.

Paul nahm nichts. Er wäre lieber arbeitsunfähig gewesen, als ein Antidepressivum zu schlucken. Er wollte wissen, wie es ihm wirklich ging. Mein Antihistaminikum enthielt Cortison. Stimme kommt, Falten gehen! Hoffentlich. Ich wollte keine Falten, aber ich durfte keine effizienten Maßnahmen ergreifen, wegen der Muskulatur, sie musste beweglich altern, die lahmgelegten Gesichtszüge einiger Kolleginnen waren nur noch brauchbar für die Rolle des Automaten Olympia in *Hoffmanns Erzählungen*.

Während ich in die Schuhe schlüpfte, saß Paul auf dem bequemen Hotelsofa, die Hände lagen in seinem Schoß. Ich dachte an das Wort Schoß und sah den Ozeandampfer, ich sah die Kathedrale, ein riesiges Kirchenschiff, da stand Matilde, sie würde nicht in den Schoß Gottes zurückkriechen, wie sollte das gehen mit diesen Rückenschmerzen. Mit den Händen im Schoß hatte sie es nicht so, mit dem Schoß schon, aber es war der eigene, der sie beschäftigt hatte.

Ich kann mir nicht vorstellen, dass Matilde in den Schoß Gottes zurückkehrt, sagte ich, oder dass sie von da gekommen wäre. Mir kommt sie wie eine Schaumgeborene vor, auch wenn sie nicht wie eine frische Renaissanceschönheit aussah. Es war nichts von einer antiken Statue an ihr. Sie war eher die etwas gelangweilte Marlene Dietrich, die sich selber in einen Smoking hineingeboren hatte und küsste, wen sie wollte.

Da hast du recht, sagte Paul.

* *

Mit Pauls Käfer sind wir bestimmt zehn Mal pro Jahr nach Genua gefahren, bis er den abendlichen EuroCity entdeckte, seine neue Leidenschaft, er konnte in Ruhe Zeitung lesen. Alle zwei Monate organisierten wir seither ein verlängertes Wochenende und nahmen den Zug, wo Paul mal melancholisch, mal heiter hinter seinen Zeitungen verschwand. Er schwor auf Print, unter der Woche hatte er aber keine Zeit zum Lesen. Im Zug nahm er die gesammelten Werke mit, las versonnen, um jede Viertelstunde zu sagen, ich weiß, es ist sehr unhöflich, so viel zu lesen, nicht? Lesen ist immer unhöflich, sagte ich, Lesen ist gefährlich, der Geist setzt sich ab, wird unkontrollierbar. Auch ich hatte ein Buch dabei, einen Krimi von Peter Robinson, ich las ihn zum zweiten Mal. Inspektor Banks hatte darin angegeben, wo er übernachtete, wenn er in der Hauptstadt war. Paul und ich waren gleich beim nächsten London-Besuch im erwähnten Sloane Square Hotel abgestiegen.

Da hatten wir verkehrt, mit Begeisterung, auch in einer Ecke der Saatchi Gallery in der Ausstellung dieser grässlichen Chapman Brothers, Jake and Dino, Monster, die ich bewunderte. Zwei Besucher mittleren Alters hatten uns gesehen und waren einfach weitergegangen, als gehörten wir zu den Exponaten. Damals war die Galerie an der Themse. Zum Glück überwarf sich Saatchi mit seinem Vermieter und zog an die Kings Road, einen Katzensprung von unserem Hotel entfernt.

Ich traute mich nicht, dazu zu stehen, dass ich wegen künstlerischer Geschmacklosigkeiten in Fahrt kam. Damian Hirst, die jungen Wilden, sie gefielen mir. Und ich liebte Tracey Emin, die traurigen Babyschuhe, all ihre Wonderabilien, wie ich ihre Erinnerungen mit einem Wort von Paul nannte, die Quilts mit den eingestickten Namen ihrer Liebhaber. Damit konnte Paul wenig anfangen, immerhin mochte er Richard Wilson, wir berauschten uns am Geruch des Rohöls, das er in den Raum gegossen hatte, wir schnüffelten die Dünste wie glückliche Teenager und gingen ins Hotel.

In einer Ausstellung von Marina Abramovic war es mir ähnlich ergangen. Radikale Selbstauslieferung und Zurschaustellung des verletzlichen weiblichen Körpers erschütterten und tonisierten mich in Kontrast zu dem alters- und makellosen Künstlerinnengesicht. Abramovics üppig aufgespritzte Lippen wussten nichts von der existenziellen Tragödie. Weshalb funktionierte ich über Verstörung? Paul war das fremd. Er eilte in London in die National Gallery zum kleinen Krabbenbild von Van Gogh aus dem Jahre 1889, er sagte, das sei ein Selbstbildnis, und er fühle sich ebenfalls porträtiert, dann blieb er stundenlang in der Abteilung der alten Meister und in der Portrait Gallery, während ich mir den neuesten James Bond am Piccadilly Circus anschaute.

Als Dank für mein ruchloses Agieren im öffentlichen Raum hatte Paul mir eine Chanel-Tasche geschenkt. 1000 Pfund, damals 2500 Franken, die perfekte Tasche, dachte ich, bis herauskam, dass die Lederlasche am Reißverschluss nicht genäht, sondern geklebt war. Nach wenigen Monaten fiel sie auseinander. Das perfekte Wochenende in London, der perfekte Sex, die perfekte Tasche, die nicht perfekt war, sondern in einem Billigverfahren zusammengepfuscht, und das von einem Label, das sich mit Qualität oder besser mit ewigem Stil und Unsterblichkeit anpries.

Wir aßen im Criterion unter den goldenen Mosaiken zu Abend, tranken *cider* aus geeisten Gläsern, ließen uns nicht aus den Augen, beide hatten wir das gleiche bestellt, alles andere wäre Verrat gewesen: Roastbeef mit Bohnen, *green beans,* viel Rotwein dazu, Sangiovese, zum Schluss ein Vanille-crumble. Und der zierliche asiatische Kellner hatte so viel Gespür gehabt, die neue Tasche zu loben.

In Coco Chanels zeitlos elegantem Namen des schwarz-weißen Kapitals wurden also grandiose Schummeleien im hochpreisigen Segment betrieben. Coco sagte zu ihren Helferinnen in Paris, an der Bahnhofstrasse in Zürich, an der Bondstreet in London und an der Via Montenapoleone in Mailand: Verlasst eure Posten als Verkäuferinnen, erhebt euch über die Kundin, zeigt ihr, dass ihr, meine Angestellten, trotz des Dreckslohns auserwählt seid, und stellt das effektvoll gegenüber einer Unwürdigen dar, die nachfragt, warum die Lasche nicht genäht sei. So geschah es, und ich bekam die kaputte Tasche so wie sie war zurück.

Deshalb ging ich zu Branco, dem Schuhmachergehilfen am Hauptbahnhof. Im Chanel-Shop an der Bahnhofstrasse haben die weder Faden noch Schraubenzieher, sagte ich. Er sagte, nicht gut, Madame, und fixte die Tasche, gratis. Seither war ich nicht mehr Kundin bei Chanel, ich ging zu Max Mara, andere Liga, mit verschiedenen Segmenten, demokratisch: Hauptlinie, Linien für Freizeit, für barocke Frauen, für die Jugend, eine Art Petersburger Hängung im Modebereich. Einwandfreier Stil, bis auf wenige Ausrutscher. An der Via XX Settembre gab es vier Läden. Ich war bedient.

Vor und nach unserer Heirat hatten Paul und ich de Sade und Hölderlin gelesen, manchmal lag ich auf dem Bauch und Paul auf mir. *Justine* las er über meine Schulter mit. Dann befahl er mir, Hölderlin-Gedichte zu rezitieren, er riss an meinen Haaren, ich mochte das, aber Paul übertrieb, ich dachte, die Haare fallen jetzt alle aus, auf meinen Armen bleiben vielleicht blaue Flecken, die mein Bühnenkostüm offenbaren würde, er riss an der Perlenkette, die seiner Mutter gehört hatte, der Schinder. Ich wollte nicht daran schuld sein, wenn sie riss. Gut, sah ich sein Gesicht nicht.

Jetzt dachte ich wehmütig daran, jedoch ohne den Wunsch, solche Spiele zu realisieren. De Sade interessierte Paul weiterhin, erst kürzlich hatte er einen Philosophen zitiert, de Sade sei nicht der erste Künstler der Moderne gewesen, sondern der letzte des Feudalismus, und er sei weiterhin aktuell, so könne die streng arbeitsteilig organisierte Sexualität als logische Fortsetzung rein ökonomistisch dominierten Tuns gelten. Solche Sätze. Von mir aus.

**

Dreieinhalb Stunden dauerte die Fahrt von Zürich nach Milano Centrale, diesem bombastischen Unort, Drohung und Versprechen, so anziehend wie abstoßend. Ich wollte verweilen und beschleunigte den Schritt, ich sollte den Bahnhof eindeutig schrecklich finden und empfand eine seltsame Freiheit, spürte die Möglichkeiten heller Geschichten, die ihr dunkles Ende bereits am Bahnsteig erzählten. In diesem Bau voller Gewalt wurde niemand heil, aber lebendig. Er sagte, stehenbleiben! Oder er sagte, wo du hinsollst, schnell raus, etwas tun!

Milano Centrale befahl, wo du hinschauen sollst, immer nach oben, zum Chef. Überleg dir, wer die Macht hat!

Nein, nein, es ist nicht Gott, niemand kriecht Ihm aus dem Schoß, und niemand kehrt dahin zurück, dem Chef sollst du in den Arsch kriechen, dem starken Mann im Staat, dem starken Mann in der Schule, an der Universität, dem starken Mann in der Firma, an der Oper, dem kriech in den Arsch! Milano Centrale sagte, es wird immer einen geben, der die Macht hat, einen solchen Gewaltbau zu errichten, Leute. Gewöhnt euch endlich daran! Du kannst dich dagegenstemmen, aber du wirst mit deinem Widerstand niemals Erfolg haben. Schau dir diese Mauern an!

Paul und ich waren gestern dort in die *Freccia Bianca* – weißer Pfeil, rote Türen – nach Piazza Principe gestiegen. Mit der *Freccia Rossa* waren wir letztes Jahr nach Neapel gejagt, in der ersten Klasse servierten sie Prosecco und Häppchen. Ich dachte an *Silberpfeil* aus meiner Kindheit, Comicheld und Indianerhäuptling der *Kiowa*. Die Comics lagerten am Klusplatz, ich hatte gehofft, unsere Kinder würden sich dafür begeistern, nun warteten sie gebündelt auf das lesefreudige Mädchen in der Nachbarschaft. Paul hatte gesagt, aber nur ausleihen, ja? Seit wann las er Comics?

Eine Leihmutterschaft, ein Kind kaufen, das wäre unanständig, das entspräche nicht unserer Mentalität, ein Kind ist keine Handelsware, oder? Paul hatte die Frage etwa zweihundert Mal verneint, in meiner Verzweiflung tauchte sie immer wieder auf. Sie war wie eine Tür, sie stand einen Spaltbreit offen, dahinter lag ein Versprechen, es war eine dieser trügerischen Kellertüren, die Geheimnis und Vorräte ankünden, in Wahrheit ist dahinter ein alter Kohlenkeller. Paul bestätigte das. Er bestätigte es immer wieder. Wir wollten ein Kind bekommen, als Geschenk des Himmels. So wie ich meine Stimme bekommen hatte.

Pauls Zeitungsberg fuhr alleine nach La Spezia weiter, als wir in Genua ausstiegen und im Bahnhof an der Juice Bar einen Green-Smoothie kauften. Sonst kamen mir diese Getränke zu modisch vor, vor allem aber waren sie mir zu kalt, ich hatte meine Thermos dabei, mit heißem Wasser, Zitrone und Ingwer, nun war sie leer. Es sah mich ja niemand, dem ich vorher einen Vortrag über Moden gehalten hatte. Paul war amüsiert, er bestellte einen Orangensaft.

Genova Piazza Principe war ein freundlicher Bahnhof, wenn man aus der Unterführung aufstieg, übersichtlich und hell, wie die großen Plätze der Stadt, Palazzi, Kirchen, elegante Bars, aber zwei Minuten weiter um die Ecke wartete das Rohe, das Dunkle, der Abgrund, es stank, nicht nur in den *vicoli*. Wenige hundert Meter vom Bahnhof entfernt hatten die *Brigate Rosse* den ersten gezielten Mordanschlag verübt, zwei Tote im Aufstieg einer *crêuza,* ein Toter im Auto, mitten im *centro storico,* über Mittag, während die Leute Pesto aßen und ein Glas Rotwein tranken.

Das war im Jahr deiner Geburt, hatte der Vater mich bei einem meiner raren Besuche in Lenzburg belehrt, er dozierte zum Fall Aldo Moro und erzählte von seinem Kommilitonen, der an der Schweizer Schule in Genua Naturwissenschaften unterrichtet hatte. Eine ehemalige Schülerin der Schweizer Schule ist bei den Roten Brigaden gelandet, eine andere, die dreizehnjährige Tochter eines Schweizer Industriellen, ist nach dem Unterricht entführt und ermordet worden. Mehr fiel meinem Vater nicht ein, als ich von meiner Neuentdeckung schwärmte.

Es gibt viel Schweiz hier, sagte ich zu Paul.

Ja, aber vielleicht gibt es viel mehr Frankreich. Der Mensch sieht eben, was er sehen will.

**

Die Betreiberin unseres Hotels, in dem wir seit Jahren abstiegen, stammte aus dem Tessin, aber sie wollte nicht als Schweizerin erkannt werden. Wir wollten auch nicht erkannt werden, wurden aber in Italien stets erkannt. *Tedeschi? No.* Wir mochten die Tessinerin. Seit sie das Monogramm auf der Rückseite von Matildes Foto entschlüsselt hatte, war unser Verhältnis fast freundschaftlich. Die Arme wusste nicht, wie sie das Studium der naturwissenschaftlich begabten Söhne in Zürich finanzieren sollte, ihre Einkünfte schrumpften von Monat zu Monat. Wir nahmen an, dass sie deshalb die Löhne für das Personal gekürzt hatte. Die Namen der russischen Putzfrauen, die im Wochentakt kommen und gehen, kann sich ja kein Mensch merken, sagte sie, ich nenne sie alle Irina, das gibt mir das Gefühl von Kontinuität.

Paul nickte verständnislos. Sie lachte. Sie lachte oft, ihr Gesicht war voller Lachfalten, ich suchte die Zornesfalte vergeblich, was mich beeindruckte, sie hielt sich gut, sie ließ sich nicht gehen, das hatte sie mit vielen in dieser Stadt gemein, die gute Gründe gehabt hätten, ihre schwierige Situation sichtbar zu machen, niemand tat es. Die Genueser und vor allem die Genueserinnen sind schrecklich tapfer, sagte Paul. Nie auf die Knie gehen! Was hatten die Frauen durchgestanden, wenn die Männer zur See gefahren waren. Sie behalfen sich mit siedendem Öl, das sie in den *vicoli* aus den Fenstern auf Angreifer schütteten. Vielleicht kam daher ihre lakonische Art.

In allen Regionen der Welt gab es diese Geschichten der tapferen Frauen und was sie sich alles einfallen ließen, wenn die Männer nicht da waren, ganze Heere haben sie vertrieben mit ihrer List, mit siedendem Öl, übergroßem Suppentopf, der gereckten Mistgabel, zum Schluss durften sie auf der rechten Seite der Kirche sitzen und bekamen eine schöne Geschichte. Sobald die Männer wieder da waren, ging alles weiter wie zuvor, am Status der Frauen änderte sich gar nichts.

Gestern Abend beim Check-in hatten wir mit der Tessinerin über die ligurische Wirtschaft nach dem Einsturz der Brücke gesprochen, sie machte sich Sorgen. Die üblichen Streitereien, wer verantwortlich, wer schuld an der Tragödie sei, lenken für einmal niemanden von der Katastrophe ab, sagte sie. Es habe sich in den letzten Wochen atmosphärisch etwas abgezeichnet, etwas Schlimmes. Gut, seid ihr länger nicht mehr hier gewesen, *beati voi*.

Am Tag nach dem Einsturz hatte Matilde uns in Zürich angerufen und gebeten, kommt nicht nach Genua, die Stimmung ist depressiv. Sie haben sogar die Fußballspiele der Serie A verschoben, ich will nicht, dass ihr die Stadt so seht. Sie verbot der Verwandtschaft, Paul anzurufen, als ihre Kraft Ende August dramatisch nachgelassen hatte. Er war mit fantasievollen Ausreden vertröstet worden, Valentina hatte auch zwei Mal abgenommen, Unverständliches brabbelnd, bis die ukrainische Aufsicht ihr den Telefonhörer wegnahm. Das hätte uns doch auffallen sollen, sagte ich. Wir hätten sofort aufbrechen und Matilde besuchen müssen. Sie wollte nicht gesehen werden, sagte Paul.

Matilde stand am Bug ihres Ozeandampfers und winkte.

Manchmal sind wir über Savona gekommen, zur Abwechslung. Eigentlich bevorzugten wir die kurvige Variante, Richtung Genua-West. Der ligurische Apennin, der den Golf von Genua abriegelt, fühlte sich an wie die alpine Schweiz. Nur die riesige Ölraffinerie, die wir bei Busalla passierten, machte klar, dass es nicht die Schweiz sein konnte, eine Monstermaschine, die aus Röhren bestand und vielleicht Röhren herstellte. Vielleicht stellte sie gar nichts her, verschickte ausschließlich Kleinkinder durch die Röhren, all die Kinder, die auf Genuas Straßen fehlten. Die Monstermaschine keuchte und hustete, was man im Auto nicht hörte, aber ahnte. Es war die reine industrielle Herrlichkeit und Absurdität.

Dann ging es über die *Sopraelevata Aldo Moro,* diese Hochstraße auf Stelzen, die die Altstadt mit ihrer Promenade und den Hafen rücksichtslos in zwei Stücke schneidet, der Leuchtturm, die *Lanterna,* stand im Augenwinkel. Das englische *flyover* passte noch besser zu der Einfahrt, der Blick flog umher wie ein freigelassener Vogel. Mit Sicht auf das Amphitheater aus prächtigen Herrschaftshäusern, die von den weniger prächtigen als notwendiger Kontrast geadelt wurden.

Die Altstadt klebe wie Muschelbewuchs an Genuas Felsen, stand in einem Reiseführer. Wir fuhren an den gelben und blauen Fresken des Palazzo San Giorgio vorbei, der einmal Sitz der ersten Großbank der Welt gewesen war. Rechts glitzerte das Meer. Im Hafen waren Jerusalem-Pilger und Amerika-Auswanderer an Bord gegangen, Handelsschiffe der mächtigen Seerepublik Genua brachten Waren aus aller Welt, hier ahnte man den Betrieb und den Abfall des Betriebs, der Hafen war weit weg von steinernen Manifestationen, die Genua den Vorwurf des Hochmuts und der Dominanz eingebrockt hatten, weg von der vornehmen Via Garibaldi und den Palazzi dei Rolli.

Findest du, dass sich die Adelspaläste wie Rivalen gegenüber stehen?, fragte Paul. Die Adelspaläste der wichtigsten Familien vielleicht, sagte ich. Aber die anderen Palazzi, die mögen sich, die Dächer haben ein Gesicht. Sie lehnten nicht aneinander, Schulter an Schulter, jedes stand für sich da, obwohl oft an eine andere Fassade gemauert, sie standen harmonisch, nicht abweisend, und sie luden auch nicht ein. Sie waren da, als wären sie ein Teil des Hügels, nur schöner als er. Die wuchtige und stolze Schönheit flößte vielleicht Furcht ein, ich konnte es nicht beurteilen, weil bei jeder Einfahrt über allen Gefühlen das große Staunen lag. Nach dem ersten Mal, das mir den Atem verschlagen hatte, wollte ich staunen, es war fortan habituelles Staunen. Würde mich das Theater einlassen? Hatte ich eine gültige Eintrittskarte?

Die Häuserblocks am Hafen sahen aus wie in den Asphalt

gerammt. Waren es gestrandete Ozeandampfer, diskret umgebaut, vom riesigen, verschiebbaren 80-Meter-Hafenkranmonster aus Deutschland mit einer Hebelleistung von 250 Tonnen hier abgeladen? Auch in Italien rief man ihn bei seinem deutschen Namen: *der lange Heinrich.* Ozeandampfer, die ein geheimes Leben an Land führten, gigantische Panzersperren mit der Würde eines alten Luxushotels? So eines saß auch auf dem Hügel oben, es war nicht mehr in Betrieb, aber es zog jedes Mal meinen Blick auf sich und entfachte mein Begehren, aber ich hätte nicht die passende Garderobe, um dort mehr als zwei Tage zu verbringen. Dieses Hotel verlangte nicht nur eine Auswahl an schweren seidenen Kimonos, um bei Sonnenaufgang auf dem Balkon zu stehen. Es verlangte einen Aufenthalt von nicht unter zehn Wochen. Den Sommer müsste man hier verbringen. Zeit genug, um mit Paul zu verkehren.

Im Hotel bei San Lorenzo haben Paul und ich in der vergangenen Nacht nicht miteinander verkehrt, obwohl wir ein paar Mal aufgewacht sind und vielleicht beide das Gefühl hatten, es wäre jetzt ein guter Moment. Ich dachte über die harten Betten und die harten Kissen nach. Paul fragte im Schlaf nach Wasser, dann sagte er, nein, nein, nicht jetzt, ich bekam Angst, er könnte von Dingen reden, die er nicht sagen wollte, ich zog die Decke bis zum Hals, fuhr mit meiner Hand zu ihm, zog sie zurück. In dieser Nichtberührung lag die ganze Spanne vergangener Zärtlichkeit, und das machte mich traurig.

Die Kissen im Grand Hotel et de Milan waren wundervoll gewesen. Das Hotel bot acht Varianten an, auch weiche, weicher als die zu Hause. Ich hatte das Kissenmenu aufgehoben. Ob ein Kissen die Träume beeinflusste? Welche

Mikrosphären würde mich das Kissen *Heaven* ansteuern lassen, im Gegensatz zu *Balance* oder *Sense?* Mir fiel nicht mehr ein, auf welches Kissen ich meinen Kopf gelegt hatte, als Paul und ich das letzte Mal verkehrten. *Flow? Softly?* Auf einem Wonderabilien-Zettel in meiner Papieragenda stand in Pauls ausladender Handschrift: *I have spread my dreams under your feet. Tread softly because you tread on my dreams.*

Ich dachte an die Skizzen der sechs zerknautschten Kissen von Dürer, es waren Gesichter. Ich liebte sie. Selbstporträts? Paul liebte die Krabben, die er für Selbstporträts hielt. Ich fand mich in den Kissen wieder. Wir passten doch sehr gut zusammen.

**

Im fünften Stock des Palazzo traten wir aus dem wackligen Aufzug. Die Wohnungstür stand offen. Matildes älteste Nichte winkte. Wir nannten sie seit jeher die Bucklige. Es war bereits ihr Übername gewesen, als da noch gar kein Buckel war, nur eine schlechte Haltung und viel Demut, so viel Demut, dass es etwas anderes als Demut sein musste, aber wir fanden nicht heraus, was es war. Eine Pose? Die Beule, die sich jetzt unter der feinen Bluse abzeichnete, war in wenigen Monaten ungeheuer gewachsen, das war bestimmt keine Pose. Die Bucklige umarmte mich herzlich, die Stofftasche rutschte von ihrer deformierten Schulter, was sie nicht bemerkte, so schwach war sie. Ich hob die Tasche auf. Sie weinte in ein gelbes Taschentuch, jetzt von ihrer wohlmeinenden Leibgarde aus Tochter und Sohn flankiert. Paul flüsterte, ich möchte sie nicht mehr die Bucklige nennen. Ich sagte, wir können sie die Witwe nennen. Du hast einmal gesagt, sie sei der Typ Frau, der bereits verwitwet zur Welt kommt, und das stimmt.

Der Hypochonder nahm mir die Tasche ab und grüßte. Ich war erstaunt, er hatte sich diesmal also nicht gedrückt. Der Mann der Schattigen war ein pensionierter Verwaltungsangestellter, der sich dem Besuchsgebot von Matilde gerne entzogen hatte. Seine Palette an Ausreden, um die *Svizzeri* nicht sehen zu müssen, war bunt: Migräne, Husten, Zerrung am Oberschenkel, er hatte sich mindestens zehn Weisheitszähne ziehen lassen, dann begann das Spiel mit den Hämorrhoiden. Er machte sich mit dieser unappetitlichen Ausrede wohl einen Spaß daraus, uns ins Gesicht auszurichten, ihr geht mir am Allerwertesten vorbei.

Der Arm der kranken Nichte fiel leblos herunter, beide Arme hingen nun wie Würste an ihr. Aus dem Buckel konnte jederzeit ein Tentakel schießen, der zum Alien gehörte, der sie innerlich aufzehrte. Der zweite Zyklus der Chemotherapie, flüsterte die Schattige und legte kurz den Arm um die Cousine. Sie kann kaum laufen, und es wird eng hier. Aber zuerst: willkommen, ihr Lieben. Ich hoffe, ihr seid gut gereist, schön, euch zu sehen. Lasst die Tür bitte offen, sagte sie und zog mich zu sich, ihr Mann schaute düster, das konnte er gut. Sein Selbstbewusstsein war wie immer in tadellosem Zustand, was seine Frau darin bestätigte, das Richtige zu tun. Ihre habituellen Erklärungen, mit denen sie sein Verhalten entschuldigte, hatten sie um die Hälfte ihrer Präsenz gebracht. Er hingegen wucherte ungehemmt in alle Richtungen. Pauls Blick auf das Paar und sein kurzes, schiefes Lächeln bedeuteten mir, dass er wohl das gleiche dachte wie ich: Super-Gärtnerin, Super-Blume.

Die Begrüßung ging stockend voran, das musste so sein.

Die Verlangsamung des Lebens war ein Luxus, den man sich nur angesichts des Todes leistete. Sich einen ganzen Mittwoch freihalten für einen einzigen Zweck.

Ich vermisste Greta und Valentina und wollte nach ihnen fragen, als die Schattige ihre Zustimmung heischende Kopfstimme ablegte und das weitere Vorgehen in einer Tonlage erklärte, die sich von ihrer Erscheinung vollständig löste. Alle dürfen frei wählen, in welcher Gesellschaft sie Matilde sehen und Abschied nehmen wollen, es ist selbstverständlich auch möglich, allein in ihr Zimmer zu treten. Paul und ich boten an, den Schluss zu machen. Dann wartet ihr am besten auf dem Balkon, es ist sehr schön dort, ich rufe euch, sagte sie. Es war ein freundlicher Befehl.

Ich staunte über diese Stimme. Wie sie sich verändert hatte mit dem heutigen Tag. Auch ich unterschätzte immer wieder Bedeutung und Macht der Sprechstimme, ein Instrument, das unsere Wahrnehmung so offensichtlich lenkte. Sie war eine Visitenkarte und mehr. Computeringenieure hatten kürzlich eine Software entwickelt, die einzig aus der Stimme ein Phantombild des sprechenden Menschen erstellen konnte.

Die Hand der Schattigen befahl *tempo,* dann wieder *piano,* um die imaginierte Melodie irgendwann selbstbewusst aufzulösen. Nun tätschelte sie meinen Arm. Sollte ich singen? Es gab immer Leute, die wollten, dass ich singe, sie taten, als hätten sie ein Anrecht auf eine Darbietung. Für Matilde hatte ich ungefragt gesungen. An den Geburtstagsfeiern, an denen wir dabei gewesen waren, gab es für sie ein variantenreiches und pathetisches *Tanti Auguri.* Zu den runden Jubiläen führte ich im Bühnenkostüm ihre Lieblingsarien auf. Noch an ihrem Hundertsten hatte sie die Arme dazu bewegt wie eine Dirigentin.

Ich bemerkte Matildes Neffen, den Engländer, er saß auf dem Polstersessel neben dem Telefonapparat, wo das Buch der schönen Wendungen lag, und sprach mit einem kleinen Jungen. Das musste der Enkel der Witwe sein. Ich hatte bisher nur Fotos von ihm gesehen. Er sei schwierig, hieß es, er schreie plötzlich los. Ob sich das schon ausgewachsen hatte? Der Engländer stand auf und kam mit dem Kleinen an der Hand auf mich zu. Er war der Bruder der Witwe. Der Vater der beiden war Matildes fußballverrückter Bruder, der nach einem Autounfall in Mailand sechsunddreißigjährig gestorben war. Der ältere Bruder konnte keine Familie gründen.

Der Engländer gab mir einen Handkuss, und der kleine Junge streckte mir auf Geheiß des Großonkels artig die Hand entgegen. Zeit, Abschied zu nehmen, sagte die Schattige getragen, sie ging voran. Ihre Stimme war jetzt so tief wie nie zuvor. Fast wie diejenige Gretas, die besonders rauchig war, was Paul gut genährt nannte. Matilde und Valentina hatten auch tiefe Stimmen, sehr kräftige. Erstaunlich, diese Energie, im Alter verloren die Knorpel im Kehlkopf an Beweglichkeit, die Muskeln an Kraft, die Stimmlippen an Elastizität. Deshalb klangen ältere Stimmen rau, die von Kindern klar. Soziologische Studien besagten, dass Frauenstimmen sich in ganz Europa als Folge der Emanzipation gesenkt hatten. In Genua hörte ich besonders oft tiefe Frauenstimmen. Rauchten hier alle, die konnten und durften? Wahrscheinlich. *Così fan tutte.*

**

Paul hielt die Blumen für Matilde auf dem Arm, als wären sie das Bettchen eines Säuglings, der zur Taufe getragen wird.

Wir hatten großköpfige Rosen in sattem Pink gewählt und, nur leicht heller, orientalische Lilien, Lisianthus rundete das Bouquet ab. Es war flach und gestuft, eingepackt in eine Folie, vorne durchsichtig, die hintere Seite spiegelte silbern. Unten war die Hülle zusammengebunden mit einem hellgrün aufgebauschten Schleifengebilde, das sich für den Friedhof eignete, wie der Blumenhändler am Hafen wusste. Ich bewunderte Paul, dieser Mann war so tapfer, ich biss auf die Zähne, das tat ich oft, mein Hausarzt hatte gesagt, ich solle darauf achten, der Kiefermuskel dränge sich sonst überproportional ins Gesicht.

Paul legte unseren Strauß im Esszimmer ab, dann traten wir auf den Balkon, dem Matildes rot blühende Oleanderbüsche eine festliche Note verliehen. Sie standen links und rechts von uns, eine Inszenierung wie für ein Hochzeitspaar. Der Oleander wusste von nichts und würde im nächsten Jahr wieder blühen. Der Gedanke stimmte mich traurig. Die Uhren liefen überall im gleichen Tempo weiter, die Menschen lachten, sprachen über das Wetter, erzählten Witze, die Pflanzen blühten. Was auch immer geschah. Ich hörte Matilde sagen, das ist nicht traurig, Nina, das ist tröstlich.

Hatte es inzwischen geregnet? Es ging ein scheuer Wind. Er hatte die gleiche gelbe Farbe wie die Häuserfassaden am Berg. Ich roch nichts, außer dieses ausgewaschene Gelb der Stadt, das wie eine erschöpfte Gloriole aufgestiegen war, kein Salz, keine Ahnung von Hafen, auch keine Abgase, obwohl am Palazzo unentwegt Autos vorbeirollten. Mir fiel das Wort Blechlawine ein und wie falsch das war, aus dem fünften Stock betrachtet wirkte sie wie eine bunte, klapprige Blechschlange aus der Augsburger Puppenkiste.

Ich schaute auf die Promenade, die sich bis zum Belvedere von Castelletto hinzog, einem gepflasterten Platz mit großzügiger Aussicht über die Stadt und den Hafen, den junge Liebespaare und Hunde mochten. Gleich dahinter war ein Café mit Terrasse, einem Sonnenschirm aus Segeltuch und einer ausladenden Pinie in der Mitte. Da hatten Paul und ich Limonade getrunken, Matilde und Valentina bekamen alle Zuckerbeutel zugeschanzt, der Orangensaft war ihnen nie süß genug. Matilde hetzte die Kellner herum, Valentina seufzte, wir lachten. Schade, waren Paul und ich so lange nicht mehr da gewesen.

Ich sah mich, wie ich glücklich am Belvedere stand in meinen besten Highheels, mit Hut, Hand in Hand mit Paul am Aussichtspunkt, er im hellen Anzug, ein Paar ohne Eile. Es war wie eine Szene aus einem Film, in dem eine frühere Version von mir die Hauptrolle spielte.

Giorgio Caproni hatte in seinem Gedicht *L'ascensore* gesagt, sobald er sich entschlossen habe, ins Paradies aufzusteigen, werde er es mit dem Aufzug von Castelletto tun. Wie wahr! Das Belvedere war ein erhabener Ort, den man vom Zentrum aus mit diesem Aufzug erreichte, dem schönsten der Stadt. Die Kabine war hell gekachelt, sie glich mit ihren zwei Spiegeln einem Badezimmer. Wenn die Türen aufglitten, war die Bergstation mit ihren Eisenornamenten erreicht, eine futuristische Konstruktion, wie eine eckige Blume. Die rundum angebrachten Fenster waren hoch, mit buntem Glas grün und gelb eingefasst. Die gleiche Machart wie im Bristol Palace an der Via XX Settembre. Matildes Neffe stieg dort ab, wenn er aus England zu Besuch kam. Vorhin hatte er von dem Treppenhaus geschwärmt, das Alfred Hitchcock zu *Vertigo* inspiriert haben soll.

Diese pompöse Filmtreppe verband sich gedanklich mit der Bergstation von Castelletto. Das Belvedere wäre ein guter Ort für eine Oper, sagte ich zu Paul, der wiederum befand, auf Castelletto könnte auch ein Abenteuer- oder Agentenfilm wie James Bond spielen, in reizvollem Kontrast zur Aussichtsterrasse, diesem Ort der Poesie, des Eisschleckens und Küssens.

Ich sehnte mich nach einem Kuss.

In den letzten beiden Jahren hatten wir in Zürich und Genua das Kino vernachlässigt, das Spazieren, den gemeinsamen Opernbesuch und das Küssen. Wir hatten den Gang in Museen und Palazzi, aber vor allem das Einkaufen bevorzugt, was unserem Ideal eines lebendigen Paares diametral widersprach. Sehnte sich auch Paul nach einem Kuss? Ich schaute zu ihm, er starrte in die Weite.

Abends waren wir ausgegangen. Paul hatte Freundschaft mit Paolo geschlossen, der ein Restaurant führte. E Prie Rosse hieß es, was rote Steine bedeutet. Dort wurden wir heimisch, auch weil uns die immer gut gelaunten Habitués mit Namen kannten. Sie lobten, belehrten und schäkerten lauthals von ihrem Tisch aus, der mit einer angeschraubten Plaquette aus Messing fest reserviert war für Anwalt, Ingenieur, Treuhänderin und Ökonom.

Wir könnten heute Abend, wenn alles vorbei ist, zu Paolo gehen.

Wenn alles vorbei ist, Nina?

Du weißt, was ich meine.

Paolo ist immer eine gute Idee. Heute ist Mittwoch, da müssen wir nicht reservieren.

Ich würde heute auch nicht reservieren wollen, so unsensibel bin ich nicht.

Bei Paolo gab es die klassischen Genueser Ravioli, mit Hirn gefüllt, die Matilde vor ein paar Jahren aus dem Programm genommen hatte. Hirn müsse immer frisch sein, und sie habe in ihren alten Tagen nicht mehr die Nerven, frischem Hirn nachzurennen, wie sie uns erläuterte, ihr gebe ihr eigenes Hirn schon genug zu tun.

Unser Oleander blüht nie so schön, sagte Paul. Er stand jetzt hinter mir, ich lehnte an ihn. Erinnerst du dich an das Gedicht von Montale, das vom Salzhauch spricht, ich rieche ihn, sagte er. Ich roch ihn nicht. Vom Blauglanz des Himmels und dem gelblichen Antlitz der Blume spricht das Gedicht, davon, dass die finsteren Dinge zur Helle drängen, am Ende sind alle Körper ein bloßes Zerfließen in Farbe und Klang, das Leben verflüchtigt sich wie duftender Rauch. Dieses Gedicht hat nur ein Genueser schreiben können, sagte Paul. Ich rieche Matildes Parfum, sagte ich.

Auf Montale und Caprone waren wir dank dem *Poeta di Genova* gestoßen, ein Straßenkünstler, der immer wie aus dem Nichts auftauchte, sein Mikrofon aufstellte und mit bühnengeschulter Stimme Gedichte rezitierte. Wir waren in der Altstadt etliche Male in den Genuss seiner Aufführungen gekommen. Er hieß Luca, und er schrieb uns eine Menge Buchtitel auf.

Das Rosenparfum in dieser Blechbüchse aus Paris hast du nur gekauft, weil die Firma Montale heißt, oder?

Ich kaufe manchmal ein Parfum, aber ich benutze keines, wie du weißt.

Leider. Aber ich gebe nicht auf, du weißt, ich mag es, wenn Frauen Parfum tragen. Ich freue mich auf den Stopp in Mailand.

Parfum stört mich beim Singen, Paul, es ist eine Konkurrenz, in der Küche übrigens auch. Ein Parfum verträgt sich schlecht mit Pesto oder Kaffee.

Paul berührte meine Schulter mit der einen Hand, die andere legte er kurz auf meinen Hintern. Ich sagte, Thanatos und dann gleich Eros? Paul wich zurück. Ich schämte mich über die Banalität, die ich da von mir gegeben hatte, und die unnötige Abwehr. Das hatte Paul nicht verdient, er dachte über den Selbstzweck von Sex, Tod und Gott nach, befasste sich mit Gedichten, las die Philosophen. Wenn ich existenzielle Themen herabsetzte, sie abtat wie in einer Quiz-Show, verlachte ich ihn. Ich fühlte mich gerade wie Florence Foster Jenkins, die keinen sauberen Ton herausbekam, sich aber für eine bedeutende Opernsängerin hielt. Ich fühlte mich wie ein Fake.

Paul hatte Besseres verdient, gesanglich, verbal, auch sonst. Um mich zu entschuldigen, strich ich mit dem Zeigefinger über seinen Handrücken. Ist schon gut, sagte er. Dass wir uns so gut kannten, war genauso beruhigend wie beunruhigend, ich verwarf den Plan, in den Anbau zu ziehen, ich konnte nie mehr ein Geheimnis für Paul werden, unser gemeinsames Leben war zu fortgeschritten.

Wir atmeten geräuschvoll aus, wir machten uns gefasst auf den nächsten Schritt, der ins Zimmer nebenan führen würde. Unten stand bereits der Leichenwagen, ein bronzefarbener Mercedes, er stand im Parkverbot. Daneben, auf dem Gehsteig, parkte das Taxi, mit dem wir gekommen waren, ein silberner Toyota.

Wir waren im Taxi nicht unglücklich darüber gewesen, dass der Fahrer die Moralpredigt seiner Mutter am Telefon abwarten musste, bis wir bezahlen konnten. Wir taten nur so, als sei Zeit ein Faktor. Wir taten es vielleicht für Matilde, die eine Kauffrau gewesen war, durch und durch Tochter dieser Stadt, eine, die Zeit und Geld thematisch verbunden hatte. Mit meiner Mutter wäre das auch so lange gegangen, sagte Paul, ist doch schön, eine Mutter zu haben, die dich in den Wahnsinn treibt. Auf die Schwester könnte ich verzichten. Die ist weit weg, sagte ich. Meine Mutter brilliert ja lieber mit passiver Aggression, sie würgt jedes Telefonat nach zwei Minuten ab.

Die Mutter des Taxifahrers hatte wohl nochmal angerufen, oder weshalb stand der Wagen noch immer da? Schau mal, Paul, die beiden Damen da unten, wie Matilde und Valentina, als sie durch den Park zum Friseur spazierten. Ich erinnere mich bestens, sagte Paul. Drei Stunden mussten sie dort ausharren, dafür gab es Wasserwellen, goldblond, wie sie die Stummfilmdiven trugen. Ich fuhr durch mein dunkles Haar, in das der Zürcher Friseur im Seefeld ein paar hübsche Locken gedreht hatte, ich ging wöchentlich zu ihm, Sängerinnen hatten gut auszusehen, immer. Paul hielt jetzt meine Hand. Ich sah das Fenster des Ozeandampfers, ich sah Matildes perfekt frisiertes Haar, links und rechts zwei feine Kämme aus geschnitztem Horn, jetzt drehte sie sich um. Ich hörte den Dampfer tuten. Das Meer freute sich. Komm her, geh hin, auf dass du mein werdest, sagte das Meer. Matilde schnalzte mit der Zunge.

Wo mag Valentina sein?, frage ich. Im Park saß sie nicht. Weißt du noch, wie Valentina im Juli mit ihrer ukrainischen Pflegerin, der Majorstochter, dagesessen hat, auf ihrem grünen Samtkissen, fast durchsichtig? Wenn Valentinas Lallen stärker werde, klinge es wie Weinen, hat ihre Tochter, die Schattige, im Entrée erzählt, aber Valentina habe trotz allem nicht aufgehört, ihre Jeansröcke zu tragen und den Park zu lieben. Früher war der einmal gepflegt gewesen, wahrscheinlich bis die Hunde kamen. Man erkannte die Macht der Hunde an den auf die Straße gerichteten Blicken der Städter. Die Katzen waren von Straßen und Dächern vertrieben, sie schnurrten in den Wohnungen oder auf dem Friedhof, und die Kinder waren auch weg.

Valentina wisse nichts mehr von ihrem langen Leben, das zwei Jahre nach dem Ende des Ersten Weltkriegs begonnen hatte, sagte ihre Tochter. Trotz des großen Vergessens, das sie erfasst hatte, beneidete ich sie um ihre Konstitution. Ich wollte auch solche Beine haben mit achtundneunzig. Aber wollte ich so alt werden? Wie konnte ich sicher sein, dass ich so klar blieb wie Matilde? Warum war die eine Schwester verdämmert, während die andere agil blieb im Kopf bis ganz zuletzt? War das lebensgeschichtlich begründet?

Ob jene Leute, für die ein nicht lebensfähiger Kleinstmensch nur ein Zellhaufen ist, auch Valentina so bezeichnen, was denkst du?

Ich weiß es nicht, Nina.

Wir müssen sie unbedingt besuchen. Vielleicht bleibt noch Zeit.

Ja, unbedingt.

Er strich über eine Oleanderblüte und sagte, ihre große Schwester ist erst seit vierzig Stunden tot. Ja, sagte ich. In diesem Klima muss es schnell gehen, die Toten verwesen anders. Wobei, wissen wir, wie die Toten in Zürich verwesen? Die lagern doch alle im Kühlhaus, geschminkt, mit zusammengepressten Lippen, in einem glänzenden Polyesterhemdchen oder einem aufgemotzten Umhang, diese Aufmachung habe ich bei meinem toten Vater gesehen.

Ich habe meine Eltern nicht mehr gesehen, sagte Paul. Ob das richtig war? Seltsam, wenn ein Körper materiell noch da ist, der Mensch aber nicht. Matilde und Nicht-Matilde. Gleich nebenan. Nur eine Wand trennt uns von dieser anderen, verstörenden Wirklichkeit. Eine Tapetentür, dahinter das Tabu.

Ich sah, dass er bleich war. Sollte ich ihn fragen, wie es ihm geht? Ich wusste, wie es ihm geht. Sein letzter Satz hallte in mir nach. Ich dachte, ein Tabu kann vielleicht zu einem inspirierenden Geheimnis werden, wenn das, was nicht ausgesprochen werden darf, ein Eigenleben führt und reift. Essenzielle Themen erhalten so wieder ihren wahren Wert, dringen an die Oberfläche, poetisieren Künstlerinnen, Intellektuelle und Gläubige neu. Nichts ist langweiliger, als wenn der Mensch alles herausplärren darf, was ihm gerade einfällt. Zu Paul sagte ich nur, ein Tabu kann auch dienlich sein.

Die Petersburgerin spricht in Rätseln, sagte er und zuckte mit den Schultern. Hundert Jahre. Ein schönes Alter. Ich sagte, ja, hundert Jahre. Wir wiederholen ihr Alter wie ein Mantra, unsere Trostleier, was? Paul verstand Tonleiter und fragte nach. Ich hatte ihn so oft mit Einsingen gequält, nicht nur die Dreiklänge waren tief in seinen Wortschatz eingedrungen.

Jetzt fährt das Taxi weg, sagte ich, und richtete den Schal. Mein Blick glitt zum Hafen. *Cammina sempre in giù,* hieß es, laufe immer abwärts, früher oder später gelangst du zu den Container- und Kreuzfahrtschiffen, den Kränen, Fähren, Hallen, Werften, Baumwollspeichern, Kohlendepots und zum Aquarium. Das Hinauf- und Hinunterstiegen sei das Geheimrezept für ein langes, gesundes Leben, hieß es, hier waren viele Menschen alt und gesund. Matilde hatte das bewiesen. Obwohl sie die Maxime des *Cammina sempre in giù* nicht beherzigt hatte. Vielleicht reichte ja die Idee.

Ins *centro storico* bewegte sich Matilde nie. Die engen *vicoli* und *caruggi,* von wo man nur einen Fetzen Himmel sah, galten als verrucht, das hatte null Anziehungskraft für sie. An manchen Stellen findet man sich in einem Bild der *Carceri* von Piranesi wieder, ein klaustrophobisches Labyrinth, sagte sie. Schluchten, die nach Urin stinken, Hühnerfedern liegen herum und Reste von Krustentieren. Gefährlich sei es auch.

Freud habe die *vicoli* auch nicht geschätzt, sagte Paul bei einem Mittagessen zu Matilde, was sie befriedigt aufnahm. Erzähl mir mehr, bat sie.

Freud habe im Continental des Etrangers neben der Stazione Principe logiert und sei während eines Spaziergangs in das nahegelegene Maddalena-Quartier geraten. Da seien nur geschminkte Frauen an den Fenstern der kleinen Häuser zu sehen gewesen, und Freud habe sich beeilt, die enge Straße durch die nächste Einbiegung zu verlassen. Aber nachdem er eine Weile herumgewandert sei, habe er sich plötzlich in derselben Gasse wiedergefunden, wo er nun Aufsehen zu erregen begann. Er entfernte sich eilig, was zur Folge hatte, dass er auf einem Umweg zum dritten Mal dahin geraten sei. Da habe ihn ein unheimliches Gefühl erfasst, und er sei heilfroh gewesen, als er auf die Piazza zurückfand.

Paul sagte, Freuds Erlebnis zeigt doch, dass genau das, was wir zwanghaft vermeiden wollen, eintrifft, vom Kern aus angezogen und fasziniert. Freud kreiste um den Ort einer verbotenen Lust und Gefahr. Er versuchte zu entkommen, beschleunigte und war umso schneller eben an dem Ort, den er sich bewusst verbat. Wir kreisen um uns selbst und kommen immer wieder an den gleichen Verkaufsbuden und Bordellen vorbei.

Vor dem Leichenwagen standen zwei Totendiener im dunklen Anzug. Der größere machte ein paar Schritte in Richtung Park, weg von der gepflegten Häuserzeile. Der kleinere stand stramm, er hatte die Hüfte nach vorne geschoben wie ein Schwerbewaffneter. Als die beiden Damen vorbeigingen, zog er sie zurück. Er hielt sich an den ihm eingeschriebenen Grundsatz, dass das Genital in eine gerade Linie zum Herzen gehörte, wenn es um den Tod geht oder um solche, die bald davon betroffen sein würden. Ich stellte mir vor, wie er abends in die *vicoli* ging, in seine winzige Wohnung im ersten Stock trat, wo die Sonne nie hinreichte, an einer lauten, feuchten Ecke über dem *besagnin,* wie man hier die Gemüsehändler nannte. Bis heute schauten die Einheimischen an Orten wie diesem nach oben. Sie erwarteten kein siedendes Öl, einzig vielleicht eine schlecht gewaschene Unterhose, die hinuntersegeln könnte.

Ich fasste an meine Halskette. Paul und ich hatten auf diesem Balkon gestanden, an der gleichen Stelle wie jetzt, als Matilde im Juli ihre Lieblingskette vom Hals nahm. Öffne deine Hand, sagte sie. Der Schmuck ist in Neapel hergestellt worden für mich, jetzt gehört er dir. Ich will nicht, dass ihn jemand von meinem kalten Körper löst. Denk nicht an deinen Tod, sagte ich. Leg die Kette um, ich will sie sehen, befahl sie und verschwand in der Küche. Als sie wieder auf dem Balkon erschien, kratzte mein Hals, diese wacklige Brücke zwischen Herz und Kopf, zwischen Atmung, Gesang und Gedanke. Ich krächzte *grazie,* mehr brachte ich nicht heraus. Scham lähmt, wie Trauer, ich hätte singen sollen, drauflosschmettern, das bringt die Luft zum Strömen, auch Stotterer können dann sagen, was sie zu sagen haben.

Paul schwieg neben mir, ich spielte mit den Perlen der goldenen Erbsenkette, es waren nicht 59 Kugeln wie beim Rosenkranz, es waren 25. Alle drei Zentimeter war eine Akoya-Perle mit bestem Lüster filigran gefasst, die Perlen schmeichelten meinen Fingerspitzen. Ich konnte die Kette zwei Mal um den Hals legen und eine lachsfarbene, fein geschnittene Gemme ins große Ringschloss hängen. Die Muschelkamee zeigte das Profil einer jungen Frau mit kunstvoll hochgesteckten Zöpfen. Die *malas,* Gebetsketten des Buddhismus und Hinduismus, hatten 108 Kugeln, was zu Matilde gepasst hätte, die hundert Jahre und acht Monate alt geworden war. Mich freute Zahlenpoetik seit jeher. Paul schaute wohlwollend auf meine Kette und sagte, wir liebten sie, und sie liebte uns.

Das Herumspielen an der Kette beruhigte mich, zu Hause, während der Proben, und auch vorhin im Taxi, als wir warten mussten und Paul den Toyota einen Faradayschen Käfig gegen Abschiede nannte. Der Taxifahrer wirkte intellektuell, vielleicht wegen der eleganten Hände. War er Soziologe? Bestimmt kam ich wegen meiner Liebelei darauf, vor ein paar Jahren, ein junger Typ mit schönen Händen.

Die japanischen Autos sind vor den Afrikanern ins Land gekommen, sagte ich.

Oder mit ihnen zusammen, sagte Paul.

Ich dachte an den Straßenverkäufer, den alle kannten, er kam immer in Paolos Restaurant. Wie er die Dinge sorgfältig anfasste und präsentierte. Wie er zusammenpackte, Ablehnung weglächelte und das Lokal freundlich grüßend verließ. Auch ich wollte mit so viel Gleichmut und Grazie tun, was ich tat, wenn ich auf der Bühne vor Publikum stand oder vor Paul und ihn darum bat, mir abzukaufen, was ich darbot.

Zum Beispiel die Zauberin Armida. Ich würde die Liebesgötter für uns anrufen, um Libido bitten, ein Orkan würde in unsere Musik brausen, Genua würde vor Energie und Intensität flirren, fast nicht zum Aushalten, so stimmig die Verzierungen, Tempi, Pausen. Spannung für ein Paar, das sich zu gut kannte und alles vergessen musste, um sich wieder fremd zu werden. Die ersten Phrasen würde ich deshalb schlicht gestalten, aber dabei nicht unschuldig klingen. Paul würde begreifen, was für eine gefährliche Frau er geheiratet hatte, eine, die ihre Koloraturen als Waffe nutzte. Paul wäre verloren, wir würden uns gehen lassen, zusammen untergehen, melodisch, rhythmisch, harmonisch. Und das alles führten wir im Hotelzimmer bei der Kathedrale auf.

Ich hätte gerne mit Paul darüber gesprochen, aber das ging nun wirklich nicht, stattdessen sagte ich, ich beneide die Erben, Paul. Nicht wegen des Geldes, das du so gut verwaltet hast, auch nicht wegen Matildes Wohnung, oder nur ein bisschen, ich beneide sie, weil sie Nachkommen sind, Blutsverwandte. Paul drückte meine Hand. Seine Hand war warm. Meine Hand war immer kalt. Wenn ich jemandem die Hand reichte, entschuldigte ich mich präventiv, ich sagte, meine Hand wird sich anfühlen wie ein toter Fisch. Alle winkten ab, aber ich bin sicher, es war ihnen unangenehm und sie fürchteten sich vor meinem Händedruck, vielleicht konzentrierten sie sich während des Händedrucks auf meine angenehme Sprechstimme, im Sinne einer Schmerzverschiebung und Neutralisierung. Deine Stimme klingt wie ein zufriedener Vogel, sagte Paul manchmal.

Frauenstimmen klangen in den Tagen des Eisprungs besonders attraktiv, dieser Effekt blieb bei Frauen, die hormonell verhüteten, aus. Sang ich deshalb? Um mich permanent fruchtbar zu halten? War mein Gesang ein Akt der Verzweiflung, eine unbewusste Gabe an die Götter, um sie milde zu stimmen? Dem widersprach, dass ich sie schon dargebracht hatte, bevor ich sogenannt geschlechtsreif war, und ich würde sie auch darbringen als Frau, die längst aus dem gebärfähigen Alter ausgeschieden sein würde.

Wir sind Trauerprofis, aber sind wir auch Beerdigungsprofis?, fragte Paul. Beerdigungsprofis zu werden, blieb uns verwehrt, sagte ich, und der Satz geriet viel zu bitter. Mit Beerdigungen kannte ich mich nicht aus, ich hatte nur die meines Vaters besucht. Paul hatte seine große Beerdigung gerade hinter sich, als wir uns trafen. Später, in der Abfolge unserer Verluste, hatten wir keine Beerdigung für die Kinder gefordert, wir hatten zu wenig Kraft, unser Gestaltungswille hatte sich abgemeldet wie meine Stimme. Wir wussten nicht, was das Personal mit den Kleinstmenschen gemacht hatte. Ob sie als Zellhaufen eingestuft worden waren. Ich stieg aus diesen Gedanken aus. Paul und ich waren noch da, wir standen gerade zusammen auf einem schönen Balkon, wir waren im Gespräch, wir leisteten uns Gesellschaft.

Paul trug ein weißes Hemd mit Haifischkragen und die schwarze Krawatte aus dicker Seide. Sein sehniger Körper steckte in einem weichen dunkelgrauen Dreiteiler von Tom Ford, der auch Daniel Craig als James Bond ausstattete, damit der Kampf mit den Russen und Chinesen knackig aussah. Darüber dieses Profil, die markante Nase, die er Buckelpiste nannte, ich sah den Orient mit zwei westlichen Einschlägen. Dunkle Augen, mandelförmig, eine Iris, die die Pupille schluckte, lange Wimpern wie ein Kind. Manchmal sah man die vertrauteste Person zum ersten Mal nach dem tausendsten Mal. Ich bemühte mich um diesen Blick und stellte mir vor, mit diesem Mann ins Bett zu gehen.

Hätte das gut ausgesehen. Er auf dem Dach des Jugendstilliftes von Castelletto am Ende der Promenade, bis auf die Zähne bewaffnet mit drei Berettas 418, Kaliber 6.35mm, alle mit persönlicher Gravur. Mein James Bond hätte niemals eine Walther PPK bekommen, wegen des hässlichen Klangs, in Italien sollte auch die Waffe *bella figura* machen. Matilde hätte zugestimmt, sie fand Bond gut wegen des Dr.-No-Romans von Fleming, darin wurde fünfzigerjahremäßig geraucht und zwar richtig: Craven A. Was sonst?

**

Beim Eingang des Palazzo hatte ich vorhin die frisch polierten Messingklingeln betrachtet, ein Dutzend Namen, ich zählte 14, Matildes Mädchenname, Musso, stand auf der 12. Ich erinnerte mich an meine Faszination, als ich den Palazzo zum ersten Mal betreten hatte, diese Namen, wie aus einer Oper: Cotella, Tinelli, Finocchiaro, Remaggi, Brigli, Marchese. Unten, neben dem altmodischen Lift, stand heute ein pompöses ovales Blumengesteck, mannshoch, ganz in Rosa. Ohne Zweifel hatte Matilde das riesige Gesteck vor ihrem Tod mit genauen Anweisungen bestellt und bezahlt. Der Zufall war noch nie ihr Freund gewesen.

Unser Strauß, den wir zu Matilde bringen würden, war ideal.

Ihr bestes Foto hatte sie bereits vor Monaten am Familiengrab in Staglieno anbringen lassen, auch dafür hatte sie bezahlt. Es zeigt mich mit vierzig, sagte Matilde. Das macht sich besser. Die große Romy Schneider ist auch mit Mitte vierzig gestorben. Die konnte rauchen! Ich möchte mit zwei brennenden Zigaretten im Sarg liegen, die Zigaretten vertreiben alle Unwürdigen, die eine Frau nicht mehr abzuwehren vermag, so kann sie in Ruhe skelettieren. Matilde hatte gelächelt und nach dem Glas mit verdicktem Birnensaft gegriffen.

Das weiße Gesteck, das der aufdringliche Blumenverkäufer uns heute Morgen aufschwatzen wollte, haben wir wohlweislich ausgeschlagen, worauf er den Druck erhöhte, indem er jedem Satz ein gedehntes und vertrauensvolles *cara* anhängte, wie die Cockney-Leute in London ihr *darling* oder *love*. Er hatte gespürt, dass wir es eilig hatten. Aber wir wussten, Matilde mochte keine weißen Blumen. Die sind für tote Kinder reserviert, sagte sie. Sie aber war seit Februar 1918 auf der Welt.

Das Blumen-Rondell stand neben einem Kiosk gleich beim Hafen auf der gepflasterten Piazza vor einer eigentümlichen zweistöckigen Kirche, die auf dem Dach eines Eisenwarengeschäftes prangte. Die Trompe-l'œil-Lauben und die großen Fenster im ersten Stock hießen die Fröhlichen und Jubilierenden willkommen, gleich würde Rosina über die Balustrade schauen und eine Arie aus dem *Barbiere di Siviglia* singen. Im zweiten Stock hausten die Traurigen und Verlassenen hinter Mansardenfenstern. Sie waren näher beim Himmel, und doch war es düster. Niemand sang. Da saßen wohl die Frauen der kleinen und der großen Totendiener mit ihren Kindern.

Wer sich diese Fassade für das Gotteshaus hatte einfallen lassen, war nicht ohne Bosheit. Allerdings hätte zu der Piazza der A-capella-Gesang der *canterini genuesi* besser gepasst als eine Oper oder eine Messe. In einer Osteria gleich um die Ecke treffen sich die *canterini* und üben, *cara*, hier ist der Orient des Nordens, auch der Fado gehört zu den *trallaleri*, erklärte der Blumenhändler, als ich ihn nach den traditionellen Formationen fragte.

Die Kirche auf dem Eisenwarengeschäft war vor Kurzem frisch gestrichen worden, die Ockertöne glänzten, als sei die Farbe noch nicht trocken. Die zwei kleinen Kinder, die auf dem Platz spielten, kamen näher und fragten unverschämt, ob zum Bemalen der Fassade menschliche Fäkalien benutzt worden seien. Der Blumenhändler antwortete, nein, nicht menschliche Fäkalien, Hundescheiße, die liegt hier doch überall herum. Ihr habt bestimmt auch so einen Köter. Außerdem wird die Fassade mit 100 Liter Katzenblut nachgezogen, *bau bau, meow meow*. Für die Malerarbeiten gehen täglich 70 Katzen vom Friedhof in eine Saftpresse.

Ist das wahr?, fragten die Kinder. Der Blumenhändler fragte, sehe ich aus wie jemand, der lügt? Und er zeigte auf seine schwachsinnige Tochter, die auf einem wackligen, ausgebleichten Gartenstuhl vor dem Rondell saß. Die Augen des Mädchens schwammen, sie konnte nicht fokussieren. Glotz nicht so!, sagte der Vater.

Sehe ich aus wie jemand, der lügt?, wiederholte der Blumenhändler. Nein, nein, *Signor*, sicher nicht, sagten die Kinder verängstigt und rannten davon. Wie die Schneehasen, dachte ich, das fiel mir wahrscheinlich wegen den *lévre de cuppi,* den Dachhasen ein, wie man die Katzen im Genueser Dialekt scherzhaft nannte. Die *Dachhasenpastete in Süßsauer* hatte einen ironischen Unterton im Lied von Fabrizio de André. Paul und ich hörten seine Lieder häufig, auch das berühmte *Crêuza de mä,* der Saumpfad zum Meer.

Einer solchen *crêuza* folgte mein Blick. Er folgte einer Längsnaht der Stadt, die dalag wie ein aufwendig gefertigtes Seidenkleid. Es platzte fast, Berg und Meer verliefen quer dazu, hielten gegen die Nähte, im hellen Mittagslicht schien es, als würden die Wege, die vom Berg ans Meer führten, langsam zerfasern. Alles war in Auflösung. Die Farben liefen aus wie ein Aquarell, das zu viel Wasser abbekommen hatte von meinem Tagtraum. Das Meer wartete geduldig und gefährlich auf seine Signora am Berg. Die andere Signora glitt auf ihrem Passagierschiff davon, entschwand am Horizont hinter beleuchteten Fenstern. Sie war nicht jung, sie war nicht alt, sie hatte kein Alter.

Sonst geschah nichts, nur ein goldener Greif kreiste mächtig über unserem Balkon, dieses Mischwesen aus Adler und Löwe, das ich bisher nur dargestellt gesehen hatte, im Profil, nach rechts sehend und steigend, mit spitzen goldenen Ohren, vorgeworfenen Tatzen und Vogelfüßen, ein aufgeschlagener Schweif, geschlossener Schnabel, aber mit Krallen bewaffnet.

Hoch in der Luft zog der Greif seine Runden wie ein Geier, bis die Nähte sich wieder schlossen. Das Vogeltier verschwand, jetzt war alles scharf. Paul strich über den Oleander und sagte, wir sind an der Reihe.

**

Matilde stand nicht am Fenster ihres Ozeandampfers, sie lag im offenen Sarg aus Eichenholz. Er war schlicht, aufgebockt wie ein Segelboot, mit Messinggriffen und geborgenem Segel. Der Schleier erinnerte an ein über den Kinderwagen gezogenes Mückennetz. Bald würde Matildes Leib auf den Friedhof in Staglieno gebracht werden. Hier ruhte sie wie ein gepresstes Pensee unter Glas, was mich an eine bewegende Szene im *Grünen Heinrich* von Gottfried Keller denken ließ, meine liebste Schullektüre. Anna, eine von Heinrichs Angebeteten, lag in einem geschlossenen Sarg, an dessen Kopfende aber eine Glasscheibe eingelassen war. Diese hatte vorher ein Bild geschützt, das drei Engelknaben zeigte. Als die Sonne auf das Antlitz der Toten schien, wurde zart der farbige Abdruck der Engel sichtbar. Die Engel umschwebten Annas Haupt.

Der Chiffon über Matildes Gesicht spiegelte nichts. Ihr Körper war bis zur Hüfte mit einer gehäkelten cremeweißen Decke bedeckt. Sie trug ein grün gesprenkeltes Seidenkleid aus den Sechzigerjahren, enganliegend, mit zierlichem Gürtel, goldener Schnalle und Schalkragen, der den Hals nicht preisgab, eine gute Idee.

Wenn ich einmal tot bin, soll man mich in Max Mara kleiden, sagte ich zu Paul, gedämpfter als beabsichtigt, der Leichnam im Raum dimmte Stimme und Gedanken.

Ja, Nina, ich weiß.

Ein dunkelblaues Etuikleid mit passendem Mantel und Schal, dunkelblau ist zeitlos. Und meine Chanel-Tasche mit Bonbons drin, Taschentüchern und dem Klavierauszug für die *Mimi,* fuhr ich fort.

Ich will kremiert werden, sagte Paul. Seine Bemerkung provozierte mich, keine Ahnung, weshalb.

Wo waren Matildes Grabbeigaben? Die Zigarette? Auch ein paar Gläser selbstgemachten Pesto hätten ihr die Verwandten ruhig dazulegen können. Und natürlich Shalimar. Der Flacon hatte immer auf Matildes Frisierkommode gestanden, jetzt war er verschwunden. Zu frivol? War er bereits im Sarg? Unter dem weißen Kopfkissen? Oder hatte der Bestatter das Fläschchen leergesprüht? Nein, es roch nicht nach Shalimar, es roch nicht nach Matilde.

Matilde kannte sogar die Rezeptur des Parfums, seit 1925 unverändert, hatte sie gesagt. Nur ein Künstler sei in der Lage, solch einen Klassiker zu kreieren, reinste Intuition, wie sich die Frische verbinde mit üppigen Noten auf der Basis von Vanille, nicht der übliche harmlose Blütenzauber. Sie hatte recht, das war ein moderner Duft mit Krallen, der zu einer Frau mit Werkzeug in der Handtasche passte. Aber Kunst ist nur die eine Seite, sagte Matilde, das Wunderwerk haben wir auch der Technik zu verdanken. Sobald man Vanille künstlich herstellen konnte, wurde sie erschwinglich. Jacques Guerlain hat das sofort begriffen. Alle Welt liebte Vanille, die Menschen sogen sie schon mit der Muttermilch auf, vielleicht waren sie süchtig danach.

Roch deine Mutter nach Vanille, Paul?

Weißt du, dass das Wort vom lateinischen *vagina* abstammt? Das bedeutet: die kleine Hülse oder Schote, aus der wir stammen. Kein Wunder, ist Vanillin der wichtigste Aromastoff weltweit.

Wie groß war doch die Sehnsucht nach den Müttern. Bei Paul wurde sie nur überboten von der Sehnsucht nach Kindern.

Der sensible Kreateur von Shalimar ließ Vanille, Blüten und Zitrusöl von der leichten und seligen Liebe erzählen, die in den gleichnamigen orientalischen Gärten spielte. Zeder, Zibet, Leder und Moschus verliehen dem Verlust dieser Liebe Gewicht. Der Großmogul konnte ihn nicht verwinden, er baute zum Andenken an die geliebte Frau, die gestorben war, das Taj Mahal, Hommage an die ewige Liebe.

Vielleicht erzählte Shalimar auch die Liebesgeschichte von Matilde Musso und Giorgio Costa, der in den Dreißigerjahren in New York war, wo der provokante Duft ursprünglich viel besser ankam als in Europa. Frankreich eroberte ihn erst später zurück. Es darf als Ironie gelten, dass die amerikanischen GIs nach Kriegsende bei Guerlain in Paris Schlange standen, um ihren Schönen jenseits des Atlantiks ein paar Tropfen französische Eleganz und einen Hauch *savoir-vivre* mitzubringen.

Ich war die Erste in Italien, betonte Matilde.

Was meinst du, Paul, hat der Fotograf Matilde Shalimar aus New York als Geschenk mitgebracht? Und hältst du es für wahrscheinlich, dass er eine Rose aus Diamanten dazulegte? Von Tiffany & Co.? Paul nickte. Mein Metronom. Vieles ist möglich, sagte er, aber keine voreiligen Schlüsse, du weißt, wie sehr sie ihren Mann geliebt hat.

Ja, aber sie sagte einmal, dass er keine Kinder wollte, und dabei sah sie sehr traurig aus. Paul drehte sich um und ging zum Fenster, er zog den Vorhang auf. Von Costa hatte sie ja auch keine Kinder, sagte er und schaute nach draußen.

Im Sarg lag der Kokon einer Puppe, pudrig und hart, etwas Rouge auf den Wangen. Anstatt den Atem anzuhalten, trat ich vorsichtig näher. Eine Leiche fasziniert, sie ist fremdartig, angsteinflößend, vielleicht gar ekelerregend, wie Blut,

Eiter oder Sex – abstoßend und anziehend zugleich, aufwühlend, eine Art Leerstelle, die sich im letzten Augenblick dazu entschloss, das Bewusstsein auszutricksen. Ich zog mehrmals die Luft ein, als könnte ich sie filtern. Roch es nach Puder? War da doch ein Hauch Lavendel oder Rosmarin, Bestandteile des beliebtesten Duftes der Bestatter? Sie strichen sich 4711 in ihre Nase.

Erinnert dich der ausgetrocknete Leib auch an diese heiliggesprochene Mystikerin?

Nein, sagte ich, aber jetzt fiel sie mir ein. Die Genueser Herzogstochter, seit dreihundert Jahren unverwest. Ihr Mutterhaus lag, wie das Fußballstadion und das Gefängnis, im Marassi-Quartier nahe dem Friedhof.

Matildes Knochen zeichneten sich überall ab, wie bei einer Anorektikerin, da war kein Fleisch übrig, die Haut spannte wachsweiß, erstaunlich straff. Der Mund stand etwas offen, ich sah die obere Gebisshälfte und musste an Berlusconi denken, der vor dem G8-Gipfel die Genueserinnen aufgefordert hatte, ihre Wäsche abzuhängen. Man sollte Untoten die Münder zubinden. Ich erschrak über meinen Sadismus. Seltsam, dass der Mund bei Matilde nicht ganz geschlossen war, bei meinem Vater hatte er ausgesehen wie geleimt. War die Ligatur nicht Routine? Ein Stich mit der Chirurgennadel durch Gaumen, Nasenscheidewand und Kinn, dann wurde der Baumwollfaden festgezogen und in der Mundhöhle verknotet. Der Mund war zu.

Ihr Haar, noch immer dicht, war nach hinten gekämmt, ich sah unter dem hellen Blond einen schmalen weißen Ansatz. Er sah aus wie eine silberne Tiara. Sind die Haare in den wenigen Stunden nachgewachsen?, fragte ich Paul. Die Haare wachsen noch zwei Tage lang, bei den Nägeln ist es anders, durch die Dehydrierung zieht sich die Haut zurück, die Nägel treten hervor, und es sieht aus, als wären auch sie gewachsen, antwortete er.

Die ringlosen Hände lagen nicht sehr friedlich aufeinander, eher wie an den Handgelenken angeschraubt, ohne jede Harmonie, widerwillig und leicht verdreht. Ich betrachtete die dunklen Flecken an den Fingerwurzeln, es sah wie Tinte aus, die nicht eben kunstvoll unter die Haut gespritzt worden war. Der Tod als Tatoodilettant.

Am linken Handgelenk war ein rosa Armband aus dem gleichen Material wie die Schleife am Blumenstrauß, es glich den Armbändern von Neugeborenen, war aber vier Mal so breit. Auf dem Armband stand Matildes vollständiger Name sowie Geburts- und Todesdatum. Damit war es amtlich. Ich drehte das Möbiusband am kleinen Finger. Was für Schuhe mochte Matilde tragen? Bestimmt hatte sie schmale Riemchenschuhe mit kleinem Absatz gewählt. Sie wollte auf dem Parkett im Paradies nicht ungehört bleiben. Die Beine vermutete ich in feinen elfenbeinfarbenen Strümpfen, Größe XXS.

Wir wussten, dass ihr Herz zu stark gewesen war. Aber was hieß das? Dass das Herz die Agonie begleitet und nicht nachgegeben hatte? Es schlug bestimmt laut, so laut, wie die Wachenden es nicht für möglich hielten, sie mochten gehofft haben, die Natur möge sie nicht mit so einem unermüdlichen Herz bestrafen, wenn es ans Sterben ging. Und ich hoffte es für Paul. Oder war ich es, die Matildes Herz in sich trug, war es zu mir gesprungen, weil es unsere späte Verwandtschaft besiegeln wollte?

Ich fasste an mein Herz, es schlug kräftig. Die Schattige hatte von *vier Tagen Abschied* gesprochen. Was für ein Sterben war das gewesen, ein lethargisch-kraftloses Hinnehmen und Entgleiten oder ein aggressiver Kampf, wie heftige Wehen? Wie hatte sich das zu starke Herz für Matilde angefühlt? Matilde, wartend zwischen den Welten, auf dem Streckbett, das Leben am Kopfende, der Tod bei den Füßen und Armen, oder umgekehrt, überall, nirgends, in Angst und Beklemmung? In Qual?

Die traditionellen Darstellungen Sterbender mit Bleistift, Kohle, in Öl, Marmor oder Holz lieferten keine Tonspur, kein Stöhnen, kein Schreien, keinen Geruch, der Abschied war im Gange, ästhetisch akzeptabel, stilisiert, eingefroren, wie die ligurischen Himmel, verdinglicht, um uns zu sagen: keine Sorge! Eigentlich eine heroische Sache. Wie die Bilder des Krieges. Keine Sorge! Ist ja vorbei. Die vertrauten Darstellungen des Endes befanden sich in Räumen, die rein waren, vom Sterben unbeschmutzt. Bei drohendem Ende wurden die Menschen heute in Pflegeheime und Krankenhäuser verstaut, ausgelagert, privatisiert außerhalb des Privaten. Sterben als Groß-Tabu, das vielleicht wieder Geheimnis werden konnte – oder jederzeit sichtbare Störung des Betriebs.

Wärst du gern bei ihr gewesen?, fragte ich.

Ja, sicher, sagte Paul, ich hätte ihr gerne Trost gespendet, Mut gemacht, aber ich weiß nicht, ob wir vielleicht Präsenz und Zuspruch der Familie ganz am Ende überbewerten und den körpereigenen Trost unterschätzen. Chemische Prozesse packen den Menschen in Watte, und manche wollen alleine gehen. Matilde gehörte wohl in diese Kategorie. Auch ich möchte alleine gehen, das ist der intimste Moment des Lebens.

Möge das Delirium wattieren, wie Paul behauptete, möge es Rausch sein, ein Zustand wie unter Drogen, ein Traum, mögen Sterbende ihren vielleicht halbbewussten, wichtigsten Wunsch äußern können, und sei es nur für sie selbst, bevor sie sich entglitten und in unverständliches Reden oder Flockenlesen verfielen, dieses ruhelose Herumfingern, als würden sie in ihrer letzten Stunde ein mysteriöses Alphabet erfinden, eine finale Tonleiter in röchelnder und rasselnder Atmung. Sie schnappten nach Luft. Wenn das Schlucken stockte, wurden sie hilflose, aus ihrem Element entfernte Karpfen. Ein Zentrum zog alles Leben ab, Säfte und Kräfte. Wartete dort die flugbereite Seele?

Ich wollte Paul glauben, dass Matilde behütet war, aber die plagenden Gedanken kamen wieder. Ich hoffte, sie sei von Unruhe und Krämpfen verschont geblieben, und von Totenflecken, die bei nachlassender Herzenskraft und erlahmendem Blutumlauf auftraten, während der Mensch noch lebte. Morbide Rosen, die sich einschrieben in die Wangen und hinter das Ohr. Wie ein Stempel, der bedeutete, dir ist nicht mehr zu helfen, und allen anderen, *Lasciate perdere ogni speranza*. Rosen sagten das, und diese Rosen hießen Kirchhofrosen. Ein schönes Wort. Ich dachte an die schönsten Kirchhofrosen, die ich kannte, gepflanzt, um die Lebenden zu erfreuen. An einem Ort, den ich viel zu lange nicht mehr besucht hatte.

Was hatte ich in den vergangenen Jahren nicht alles verpasst! Ich war so sehr mit Fortpflanzung befasst gewesen, dass ich die existente Familie vernachlässigte. Es ging nicht um ein, zwei Versäumnisse, um kleine Fauxpas, es ging nicht um zu wenig Kino, zu wenig Oper, zu wenig Spazieren, es ging um Fehler.

Am Morgen nach der Todesnachricht hatte ich kurz vor dem Aufwachen von diesem Weiler in den Bergen geträumt, wo Paul und ich unsere Wanderferien verbracht hatten. Ich sah den kleinen Friedhof mit den vielfarbigen Pfingstrosen, Kirchhofrosen, alter Bestand. Ein pensionierter Jurist besorgte die Pflege mit Hingabe, sein Werk stellte jeden Gottesdienst in den Schatten. Da wollte ich hin. Vielleicht konnte ich dort Abschied nehmen, von den Kindern und von Matilde. Weit weg und ganz nah an allem, was mir wichtig war. Wollte Paul das auch? Ich betrachtete ihn, er stand noch immer am Fenster, jetzt schaute er in den Raum, auf Matildes Bett. In diesem Liberty-Doppelbett war sie gestorben.

Fünf bestickte, sorgfältig arrangierte Zierkissen lagen auf dem Bettüberwurf, der doppelte Lebensbaum, ein antiker *mezzaro genovese* von einer Firma aus Glarus, die bis Mitte des 19. Jahrhunderts produziert hatte. Matilde hatte das Museumsstück bei einer Auktion ersteigert. Schon beim ersten Rundgang durch die Wohnung bewunderte ich den Lebensbaum und seine frischen Farben, er war ein sinniges Bild für Matilde, seine Lebhaftigkeit und Energie erfüllten den Raum mit Zuversicht.

Da ich Tuch und Muster würdigte, ließ sie uns vier verschiedene Lebensbäume zur Hochzeit schicken, alle in kräftigen Farben, aufwendig verpackt, von Rivara, dem alteingesessenen Geschäft bei der Kathedrale, das in jenem Jahr sein zweihundertjähriges Bestehen feierte und mit attraktiven Preisnachlässen warb. Paul sagte, die *zia* ist großzügig, aber verschwenderisch ist sie nicht. Auf unserem Bett in Zürich lag seither auch ein Lebensbaum, eine mächtige Kastanie. Das Bett stand auf einem kunstvoll geknüpften Teppich aus Isfahan, einem blühenden Garten. Darüber das großformatige Foto der Badenden von Giorgio Costa.

Lebenspralle Sujets, wie ein Beschwörungszauber aus kräftigen Wurzeln, wilden Blumen und zarter Haut.

Warum nur blühten wir nicht?

Paul zog den Vorhang und kam zu mir. Vor Matildes *mezzaro* fassten wir uns bei der Hand. Immerhin wird heute kein kleiner weißer Sarg aus dem Haus getragen, sagte Paul. Er zitierte Matilde. So kommentierte sie jeden Todesfall im Familien- und Bekanntenkreis, wenn es sich nicht um ein Kind handelte. Während eines der letzten Unwetter, als Flutwellen in den Gassen tobten, waren sieben Menschen umgekommen, drei davon Kinder, in einem Hauseingang erdrückt, das jüngste erst elf Monate alt. Wenn Kinder in weißen Särgen mit weißen Blumen zu Grabe getragen werden, wird es schwer für mich, sagte Matilde, denn auch mein Kind ist während eines Unwetters gestorben, noch ungeboren.

Matilde lag nächtelang wach, wenn Starkregen, Hochwasser, Schlamm und Hagel die Stadt bedrängten, danach brauchte sie einige Wochen, um in ihren gewohnten Rhythmus zurückzufinden. Der Lärm dringt in meine Träume, er schwillt an, wird zur Explosion, sagte sie, und die verbindet sich mit Bildern von einer Katastrophe, die lange her ist, sie verbindet sich mit dem, was ich erlebt habe, als ein Unwetter den Tod in dieses Haus brachte.

Meine Schwangerschaft war schon fortgeschritten, als ein Sturm aufzog, die Stadt war erhellt, überall schlugen Blitze ein, da brannte auf einmal der Vorhang im Schlafzimmer, ich habe geschrien, in Todesangst, aber mit dem Kind war es vorbei. Vielleicht ist mir etwas erspart geblieben, vielleicht hätte ich mein Kind auch zu Grabe tragen müssen, wenn es geboren worden wäre und die Geburt überlebt hätte. Das sind komplizierte Dinge, sagte Matilde.

Wenn es um diese Nacht ging, schaltete sich auch Valentina ein, wie um die große Schwester für einmal zu beschützen. Sie fügte an, alles brannte, und dann kam der Donnerschlag, es war unbeschreiblich traurig. Und kein Gott da, der das verhinderte. Wenn Valentina ausführen wollte, dass Matildes Mann skeptisch gewesen sei, was das Kind betraf, unterbrach Matilde barsch. Das tue nun wirklich nichts zur Sache.

Paul und ich konnten nicht sagen, was Matilde genau zugestoßen war, in welcher Schwangerschaftswoche sie das Kind verloren hatte. Nachfragen war unerwünscht. Das erzähle ich euch ein anderes Mal, sagte Matilde, was hieß, nie. Die Frauen blieben diffus, vielleicht, weil die Erinnerung es nicht anders zuließ. Sie erzählten dunkel und atmosphärisch, genau wie sie es taten, wenn es um den Tod der Männer ging, das einzelne Ereignis und die genaue Reihenfolge wurden nicht fassbar. Zum Schluss fluchte Matilde über den Bisagno, immer dieser Bisagno. Kein Wunder hat man die Vorläufer der *Brigate Rosse* nach diesem Fluss benannt, sagte sie, der Fluss selbst ist ein Terrorist, der beliebig wütet. Dann fragte sie, Cognac?

Klar war, Matilde hätte gerne ein Kind gehabt. Sie wollte ein kleines sanftes Mädchen mit den Augen ihres Mannes, sagte Valentina. Ihr Mann war in einer psychiatrischen Anstalt in der Schweiz gestorben, an Elektroschocks, Eisbädern und Fixierungen zugrunde gegangen. Mit fünfzig Jahren. Das wussten wir von der Witwe. Denn Matilde sagte nur, man hat ihn in der Klinik umgebracht. Sie hatte ihn *wegen seines schlechten gesundheitlichen Zustands* einweisen lassen, nachdem ihn ein Cousin übers Ohr gehauen hatte, es fehlte Geld in der Kasse, so nannte Matilde die Veruntreuung. Ihr Mann hatte Konkurs anmelden müssen, die drei Konditoreien und die kleine Marmeladen- und Likörfabrik waren weg, vor allem das Hauptgeschäft hatte Matilde sehr am Herzen gelegen. Was für eine Schmach! Und das, nachdem ihr Mann während des Krieges ausgeharrt und die Geschäfte weiterbetrieben hatte.

Nicht der Krieg, das Zivilleben, die eigenen Leute haben dafür gesorgt, dass er in einem Sarg nach Staglieno zurückkommt. Dort wartet er auf mich, sagte Matilde. Sie fühlte sich schuldig und hatte nie aufgehört, sich schuldig zu fühlen, weil sie auf die Schweizer Klinik gedrängt hatte. Sie hatte es getan, weil die Krankheit des geliebten Mannes unerträglich geworden war, sie konnte nicht mehr zusehen, wie er immer trauriger wurde, wie er fantasierte und in Apathie versank. Wenn sie davon sprach, klang es, als spreche sie mit zusammengebissenen Zähnen. Ich dachte an die Elektroschocks, bei denen die Patienten Zähne verloren, wie man hörte, weil der Druck sie sprengte. Man soll nicht gut von seiner alten Heimat denken, niemals, sagte Matilde. Wenn man die Heimat verlässt, soll man sie vergessen. Wahrscheinlich war sie deshalb nie zu uns nach Zürich gekommen.

Ich berührte den Bettüberwurf. Ich glaube, der Lebensbaum wurde gewaschen, sagte ich. Das hätte Matilde nie zugelassen.

**

Beim ersten Mal ist es ein paar Wochen lang gut gegangen. Ich war unbeschwert, obwohl ich wusste, fast jede fünfte Schwangerschaft endet in einem Frühabort. Abort, ein schreckliches Wort, wie Toilette. Furcht war kleinlaut in mein Bewusstsein vorgedrungen, vor allem, wenn ich müde war, Frucht und Furcht reimen sich, dachte ich, aber ich tränkte diese Furcht sofort mit dem Optimismus, den ich mit Paul multiplizierte. Bedenken und Zweifel spülte ich weg, auch mit Rotwein, offiziell trank ich keinen Alkohol. Es ist schädlich, negativ zu denken, hatte die Kollegin aus dem Ensemble gesagt.

Ich war sechsunddreißig, Spätgebärende, gut informiert, realistisch, kerngesund, zuversichtlich. Ich hatte in den ersten Wochen schlecht geschlafen und übermäßig geschwitzt, das waren die Beschwerden, von denen alle sprachen, Übelkeit verspürte ich nicht. Ich stellte mich auf Rückenschmerzen und Wasser in den Beinen ein, damit würde ich zurechtkommen.

Beim ersten Kontrolltermin waren Paul und ich überwältigt, wir sahen auf dem Ultraschallbild ein pochendes Herz, Paul sagte, ich habe mich noch nie so lebendig gefühlt wie gerade jetzt. Wir sprachen über eine neue Arbeitsteilung, ich verbannte Kaffee, Schwarztee, Rohmilchkäse vom Speiseplan, wich jeder Katze aus und erzählte rundum von meinem Glück. Auf dieses Glück hatten wir fest vertraut, als das kam, was keine Beschwerden waren. Es waren Weltuntergänge. Wir nannten die Kinder Schmidli eins bis vier, sie starben in Woche neun, sieben, elf und sechs.

Die freie Hebamme hieß Frau Greco. Ich dachte an Frau Greco, als ich auf der Toilette des Kinos blutete und unter der Dusche. Die dicken Binden waren zu dünn für Schleim und Klumpen. Die Schlieren im Vollbad kamen mir vor wie eine Eingeweideschau. Dann meine Mutter, die sich unpassend dazu äußerte, Bekannte, die sich im Supermarkt bei

Gewürzen oder Tiefkühlprodukten versteckten. Schwangerschaft drei und vier hielten wir geheim und redeten nur das Nötigste, wir schauten aneinander vorbei.

Die harte Liege bei der Gynäkologin. Die Suche nach den Gründen. Neue Hoffnung. Kluge Worte, Rationalisierung, die der Körper nochmals unterminierte. Die Krämpfe seien wie Wehen, sagte der übermüdete Assistenzarzt. Kein Concealer wäre gegen diese Augenringe angekommen. Woher sollte ich wissen, wie sich Wehen anfühlten? Blutige Fetzen, die Plazenta im Klo. Schmerzmittel. Noch mehr Schmerzmittel. Frau Greco empfahl Johanniskraut gegen den depressiven Schub. Das Faltblatt, das mich darüber, was manche Auskratzung nannten, informierte. Es lag in meiner Papieragenda bei den Wonderabilien. Danach sollten Frauen zwei bis drei Wochen auf Vollbäder, Sauna, Schwimmen und Tampons verzichten. Mit Geschlechtsverkehr sollte das Paar nach neusten Erkenntnissen so schnell wie möglich fortfahren.

Wir reizten alles in der Schweiz Mögliche aus. Die Kinder wollten nicht kommen. Im vergangenen Jahr hatten wir versucht, diese Tatsache nicht nur hin-, sondern anzunehmen, die Psychologin sagte, wir müssten uns wiederfinden, als Paar. Noch immer wechselte Paul die Straßenseite, wenn ein Kinderwagen auf ihn zukam. Hatte ich etwas falsch gemacht? Hatte Paul zu viel gekifft, als er jung war?

Die Krankenkasse vermutete wohl Schuld, sie ließ uns für den Verlust geradestehen, weil die Schmidlis noch so klein gewesen waren. Tausende Franken bezahlten wir für die Ultraschalluntersuchungen, die das Ende der Hoffnung perfekt dokumentiert hatten. Strafe muss sein. Dafür bezahlte die Kasse drei Inseminationen. Wir waren ein teures Paar. Warum adoptieren Sie nicht? Wir konnten die Frage nicht mehr hören.

Nach dem Anruf aus Genua vorgestern sagte Paul, das ist jetzt zu viel. Wir schaffen auch das, mach dir keine Sorgen, sagte ich. Er zündete die weiße Kerze im Wohnzimmer an und stellte sie neben die Astern. Vor der Abreise begann Paul plötzlich von seiner Mutter zu erzählen, Erinnerungen und Anekdoten, sie habe den Vater gerne geärgert. Wenn sie nicht schlafen konnte, habe sie zu ihm gesagt, bitte lies mir aus deiner Dissertation vor. Ich wusste nicht, was für eine Reaktion er sich von mir erhoffte.

Hießen die Mussos früher eigentlich Meister?

Sag mal, Nina! Nennst dich Musso und weißt nicht mal, dass das von Maurer kommt?

Hatte ich vergessen. Verzeih, Paul, ich fühle mich nicht wohl.

Er starrte mich an. Ich sah großes Unverständnis in seinem Blick, vielleicht sogar Abneigung.

Paul legte die Blumen behutsam auf Matildes Bett. Ich glaube, wir haben deinen Geschmack getroffen, *zia*. Wir kannten dich wohl ganz gut. Er hielt sich die Hand vor den Mund, schloss die Augen und setzte sich auf Matildes Bett. Ich setzte mich zu ihm, als es an der Tür klopfte. Der größere Totendiener trat ein, einen Lötkolben oder Schweißbrenner in der Hand. Die Flamme züngelte, die Schattige drängte aufgeregt ins Zimmer, das Timing war durcheinandergeraten, der Mann hätte später kommen sollen. Es ist so weit, sagte die Schattige. Die Witwe, die unter der Tür stand, hörte abrupt auf zu heulen und putzte die Tränen mit dem gelben Taschentuch weg. Ein letzter Blick auf Matildes

Gesicht, ich sagte, *ciao bella zia.* Mir kam das bekannte italienische Kinderlied *Ho una zia che fa così* in den Sinn, ein Lied, das zum Tanzen aufforderte. Wir verließen den Raum.

Im Entrée sagte ich laut, jetzt kommt der hässliche Moment. Ich sagte es, damit niemand behaupten würde, ich hätte keine Abscheu empfunden. In Wahrheit fand ich es interessant. Ein Mann im dunklen Anzug, der Feuer ins Haus trug, offen und ungeschützt, der mit diesem Feuer in der Hand ins Schlafzimmer einer wehrlosen Dame treten durfte, um diese Dame in eine Kiste einzuschweißen, und das alles nur, weil sie tot war.

Niemand nahm dem Mann das Gerät weg, niemand beschimpfte ihn, niemand mokierte sich darüber, dass eine rechtschaffene Frau, die im letzten Jahr der *Grande Guerra* geboren war, luftdicht verpackt und versiegelt in einem mit Eiche kaschierten Zinksarg landete, um bald auf einem unübersichtlich großen Friedhof versenkt zu werden. Niemand wollte sehen, wie der Mann mit dem Feuer den Raum wieder verließ und schon gar nicht, was sonst noch geschehen würde, ob die Träger den Sarg zur Seite neigten oder schüttelten.

Jetzt formierte sich die Trauerfamilie, wir waren elf Personen, eine Fußballmannschaft, das hätte Matilde gefallen. Die Nachbarinnen und Bekannten waren bereits gegangen. Die Witwe entließ ihre Leibgarde, der Sohn stand in der zweiten Reihe neben seiner schwangeren Frau, die ihr Kind nervös zurechtwies, weil es trotz Verbot mit einem Gummiball spielte. Der Freund der Tochter mit dem dünnen Zöpfchen am Hinterkopf blickte zu Boden. Hinten standen der Hypochonder und der Engländer, der eine schaute blasiert umher, der andere strahlte die Heiterkeit eines Mannes aus, der nach dieser Runde noch etwas vorhatte.

Die Witwe schniefte und stellte sich neben die Schattige, die sich aufgerichtet hatte. Die Cousinen führten die Gruppe an. Sie wirkten vertraut und friedlich, vielleicht mochten sie sich ja doch. Ich hatte bisher vermutet, dass sie sich nicht leiden konnten. Als Kinder sollen sie sich regelmäßig darüber gestritten haben, wer einmal den großen Brillantring der Tante bekommen würde. Sie hatten in dieser Wohnung gespielt und sich Kleider ausgeliehen. Als Prinzessinnen waren sie vor den verspiegelten Wandschränken umherstolziert, mit Matildes Perlen behängt, und hatten sich Spottnamen zugerufen.

Der Trauerzug stand jetzt im Treppenhaus. Einige gingen zu Fuß, ihre Stimmen hallten wie ein Kanon aus Echos. Andere bevorzugten den Aufzug. Paul legte seine Hände auf meine Schultern, als dürfe ich eine Massage erwarten, aber er schob mich sanft zur Seite. Ich liebe diese aufgeschäumte Familie, sagte er, und du setzt dich jetzt in die Küche, Nina, du siehst fertig aus.

**

Die Küche roch wie immer. Kaffeeduft und alter Rauch lagen in der Luft. Wer mag hier zuletzt Espresso getrunken haben? Bestimmt war Valentina mit Greta gekommen, bevor der Trubel losging. Vielleicht hatte Valentina heute eine Zigarette rauchen dürfen. War doch eh alles egal.

Jetzt möchte ich heulen, sagte ich.

Dann tu es doch.

Wir saßen am Küchentisch.

Was wohl alles am Küchentisch entstanden ist?

Mindestens die Hälfte aller Kultur, seit Menschen an Küchentischen sitzen, sagte Paul.

Ein guter Ort, für alles, auch zum Traurigsein.

Paul hatte wieder Farbe im Gesicht.

Hier fehlt nur noch der Pestoduft, sagte er.

Den vermisse ich auch. Immerhin sorgt dein neues Parfum für eine Idee Basilikum.

Nur reicht das nicht ganz. Man müsste mich mit Pinienkernen und einer Knoblauchzehe spicken, Käse über mein Haupt streuen und mich im besten Olivenöl schwimmen lassen. Dann in eine Flasche abfüllen.

Auf keinen Fall Pfeffer, wie wir von Matilde gelernt haben. Du bist wirklich gut im Aufmuntern, Paul, und du wärst der beste Pesto ever. Schade, kann man den Pestoduft nicht in eine Flasche zwingen, zu dreidimensional, wie Kaffee. Hunderte Aromen und Facetten, die lassen sich nicht simulieren.

Simulieren kann man immer, sagte er.

Matildes eleganter Pesto, mit dem sie nicht sparte, hatte uns getröstet, ich sagte dazu *oro verde,* grünes Gold, sie kaute selig an ihrem Stück Pasta, sie aß fast nichts, um den anderen um so mehr aufzudrängen. Ob selig oder nicht, wenn sie Pesto machte, betonte sie immer, im echten Pesto sei niemals Pfeffer drin, aus historischen Gründen, die Konkurrenz zu Venedig verbiete es. Die Königin der Meere, die *Signora del Mare,* wie Petrarca ihre Stadt zu Recht nannte, hatte mit ihrer Handels- und Kriegsflotte im Mittelalter ein Imperium errichtet, mit dem einzig die adriatische Rivalin Venedig konkurrierte. Das missfiel Matilde, sie fühlte sich persönlich dafür verantwortlich, dass die Führungsrolle nicht glasklar bei Genua geblieben war. Mit Genugtuung hatte sie deshalb vor sechs Jahren die Neuigkeit aufgenommen, dass ein Genueser vom Papst als Patriarch von Venedig eingesetzt worden war

Paul stand auf und ging umher, öffnete eine Schublade, dann stand er vor dem großen Schrank, zog den Schlüssel aus dem Schloss, wog ihn in der Hand, steckte ihn wieder hinein und drehte ihn um.

Wir sahen Matildes Geschirr, unsere geliebten Teller, ein klassisches Service für 24 Personen von Villeroy & Boch. Das Dekor von Valeria blau hatte es ihr angetan – und uns auch, wir ersteigerten es bei Ebay, allerdings nur für sechs Personen. Blau auf Weiß wirkte immer sauber und gepflegt, das Muster von Mettlacher Kupferstichen war zeitlos, die Unterglasur versprach Qualität bis ans Lebensende.

Paul öffnete weitere Schubladen.

Suchst du etwas?

Hier muss irgendwo das Rezeptbuch sein, das ich als Junge angelegt habe.

Im Entrée hörten wir Stimmen und Schritte, das waren die Totendiener und der kleine Junge mit seiner Mutter, die nach dem Gummiball suchten. Die Verwandten hatten es gut, sie konnten wiederkommen, während Paul und ich Abschied nehmen mussten. Wir würden morgen mit dem ersten Zug zurück nach Zürich fahren. Pauls Geschäftspartner drängten auf ein Meeting.

Wie hatte Paul diese Wohnung geliebt! Jeden Winkel, die Küche besonders. Für den Jungen, der mit den Zigaretten aus der Stadt zurückgekommen war, hatte es hier üppig Kuchen gegeben, *crostata di mele*. Und er hatte Matilde beim

Kochen und beim Backen zugesehen, sie ausgefragt und die Rezepte mit seiner Schnürchenschrift in ein Heft notiert. Jetzt hielt er es wieder in der Hand, blätterte darin und lächelte. Schau, sagte er, und zeigte mir die letzten leeren Seiten.

Auf dem karierten Tischtuch stand die runde Obstschale mit Fuß, darin lagen drei Zitronen und ein Apfel. Keine Birne. Die Birnen nahmen die Schwestern flüssig. Am liebsten war ihnen das Getränk mit *succo e polpa,* Saft und Fruchtfleisch. Auf dem Regal sah ich einige Flaschen davon. Sie tranken den Saft, lange bevor ihre besserwisserische Nachbarin sagte, die chinesische Medizin empfehle Birne für die Lunge, und die stehe fürs Gemüt. Die Schwestern winkten ab, erstens interessierten sie sich nicht die Bohne für chinesische Medizin und zweitens hatten sie nichts fürs Gemüt nötig. Das Gemüt war wie es war, die Wahrheit. Warum sollte man Birnen essen, wenn man nicht wollte? Man sollte sie essen, weil sie schmeckten, nicht weil sie gesund waren. Und wenn man zu faul war, sie zu essen, dann trank man sie eben. Für die Gesundheit gab es Pillen.

Während die Damen Birnensaft, Kaffee und Cognac im Salon tranken und Matilde dazu rauchte, schüttete Greta in der Küche einen Grappa in sich hinein. Im Salon schaute Valentina neidisch auf Matildes Hand, Matilde rauchte mit großer Anmut, in der Küche und auf dem Balkon schaute sie Greta zu. Matilde hielt ihre Zigarette zwischen Zeige- und Mittelfinger, während Greta sie zwischen Daumen und Zeigefinger nahm, oder sie steckte sie in die Zahnlücke. An Matildes Zigarette klebte erdbeerfarbener Lippenstift, an Gretas kirschfarbener. Valentina trug zum hell gepuderten

Gesicht durchsichtigen Lipgloss, der am Glas mit dem Birnensaft leichte Spuren hinterließ.

Ein Apfel, *o méi,* alterte in unserer Zürcher Küche immer so, dass ich Lust hatte, ihn in einen Großmutter-Apfelkuchen zu verwandeln. Eine Birne, *o péi,* faulte, das wirkte unedel. In meinen Augen ein Paradox, denn Birnen kamen mir edler vor als Äpfel, obwohl man Frauen demütigte, wenn man von einer Birnenfigur sprach.

Birnen sagten Adieu, bevor sie richtig alt waren. Tropfende Leichen, die sich der Kompottwerdung widersetzten. Sie widersetzten sich damit dem Austrocknen. Alte Menschen trockneten einfach aus, wie Äpfel, alles trocknete aus, das Genital, der Mund, alle Ränder. Die Sinne verloren ihre Feuchtigkeit, ihren *Sprutz,* hätte meine Mutter wohl gesagt, sie verloren Spannkraft und Sensibilität, und die Menschen fielen zu Boden oder lagen im Bett wie Papier, ein Löschblatt. Vor allem Frauen.

Zu Hause bestrichen Paul und ich unsere Brote zum Frühstück mit eingedicktem Fruchtsaft, Birnenhonig, eine Schweizer Spezialität, die Paul von seinen Großeltern aus dem Zürcher Unterland kannte. Uns ließ er an Genua denken.

Vor der Küchentür besprachen sich die Totendiener, ich hätte große Lust gehabt, einen Stuhl unter die Türklinke zu stellen. Wir sollten uns hier verbarrikadieren, Paul. Mit den Vorräten würden wir etwa zwei Wochen überleben.

* *

Küche hieß Arbeit und war Sperrzone gewesen, aber ich hatte Greta trotzdem oft zugesehen, wie sie Patisserie arrangierte und Kaffee aufsetzte, ich schnappte Luft auf dem Balkon und schaute in den langweiligen Hinterhof – irgendwann platzte Matilde herein, um Greta zu ermahnen. Ja, ja, ja, hörte ich Greta sagen. Matilde packte mich am Arm und schob mich in den Salon. Ich war froh, dass sie mich nicht am Ohr zog.

Matilde wusste genau, wie Kaffee gemacht, wie Patisserie serviert werden musste. Nach dem Tod ihres Mannes hatte sie eine bescheidene Konditorei an der Peripherie gekauft und auf Kurs gebracht, zuerst mit nur einem Gehilfen. Anschließend hatte sie eine weitere Konditorei dazugekauft, war in eine Gelato-Manufaktur eingestiegen und hatte einige Tische in die Geschäfte gestellt.

Paul las aus seinem Rezeptbuch vor. Ach, ihre *cima!* Das Rezept für die Brühe! Und das Süße, die Spezialitäten ihrer Konditoreien, die *mini torta di Zena* mit dem *pan di Spagna e ricoperta di zabaione, con pasta di mandorle,* dann die *cannoli, pasta sfoglia ripiena alla crema e allo zabaione, tortina di pera, pinolata, occhio di bue, pandolce genovese alto e basso, cubifrutta* und so weiter. Die *Falstaff*-Brioche hat sie umbenannt in: *La forza del destino.*

Matilde verbesserte die Rezeptur der Klassiker. Sie verspürte keine Lust, das Ewiggleiche nachzubacken. Es gab jetzt eine neue Torte, mit Himbeersirup getränkt, obendrauf gezuckerte Veilchen, und ein Gebäck nach türkischer Art. Die *biscotti* machte sie kleiner und billiger. So nahm eine Mutter gerne zwei für das Kind, und das kostete sie mehr als vorher, ohne dass sie das Gefühl hatte, betrogen zu werden. Matilde warf die Konfitüren-, Gelatine- und Sirupproduktion wieder an, in der eigenen Küche fabrizierte sie den *sciroppo di rose* und Holundersirup, *sciroppo di sambuco.*

Sie war nicht nur innovativ, sie war auch schlau gewesen. Sie pfiff auf das, was manche von einer Frau erwarteten. Wenn die Preise in den Geschäften bei Nennung ihres bekannten Nachnamens stiegen, brach sie mitten im Satz ab und bestellte neu unter ihrem Mädchennamen, Musso, sie sprach ihn aus, als habe das O einen dicken Akzent. Bald führte sie nur noch ihren Mädchennamen, das verband sie mit der Kraft und dem Willen des Kindes und der jungen Frau, gleichzeitig hatte sie den erfahrenen und entschlossenen Blick der Erwachsenen, die die Fäuste ballte, wenn ihr etwas nicht passte. Das war ihr Markenzeichen, wie Valentina erzählte.

In der Geschäftswelt verschaffte sie sich Respekt, trotz ihres blendenden Aussehens. Niemand wollte sich mit ihr anlegen. Wenn sie wütend wurde, senkte sie ihre Stimme, ihr Bass hatte eine Frequenz, die die Eingeweide traf und auf Dauer vielleicht die Organe des Feindes schädigte. Sie sprach langsam, die Augen groß und rund, die Brauen standen hoch, eine wütende Admiralin, die einen Katzenbuckel machte, sprungbereit, um den ganzen Körper zu verwandeln in zwei riesige spitze Zahnreihen mit großem Appetit.

Valentina hatte erzählt, sie selber sei stets in Deckung gegangen, wenn Matilde sich echauffierte oder auf Angriff schaltete. Ich hatte das mit eigenen Augen gesehen, wenn wir mit ihr einkaufen gingen, stur feilschte sie um den Preis, bis der andere nachgab, sonst kam das Geschäft nicht zustande.

Unglaublich, dass sie bis zuletzt den Pesto selber gemacht hat, sagte ich.

Mit etwas Hilfe von Greta.

Ja, aber heroisch, dass sie den Mixer trotzdem nicht angefasst hat.

Unter ihrer Würde.

Greta musste den kleinblättrigen hellgrünen Basilikum am Vortag an der Via di Prà beschaffen. Dort lag die Gärtnerei, der Matilde vertraute. Riech mal, sagte Matilde, wenn frischer Basilikum da war. Subtiler Duft ohne eine Spur von Pfefferminz. Für Greta bedeutete der Einkauf eine Bus- und Zugfahrt, die fast den ganzen Nachmittag in Anspruch nahm, am nächsten Morgen legte sie alle Zutaten bereit und half Matilde beim Zerstoßen der Blätter mit dem Mörser.

Matilde wollte nie sagen, wo Greta wohnte. Ich stellte mir vor, dass, während Queen Matilde im fünften Stock residierte, *la donna* als Fürstin der Unterwelt im Halbgeschoss über dem Keller fuhrwerkte. Auf gestampfter Erde stand ihr Tisch. Es gab nur einen Raum, stehend konnte sie auf die Straße sehen. Sie sah die vorbeigehenden Füße in den entsprechenden Schuhen, die darauf schließen ließen, ob jemand in den *piano nobile* wollte oder zu ihr. Wobei ich mir nicht vorstellen konnte, wer zu ihr gewollt hätte.

Greta wusste bestimmt, dass ihr Lambrusco die Küsse auf eine besondere Art süß machte, ich hatte in den ersten Jahren von diesen Spezialküssen kosten dürfen. Auch wenn die billige Ausgabe Kopfschmerzen bescherte. Paul und ich bekamen zum Glück die edlere Version vorgesetzt, ich fragte Greta, wo sie die denn immer herhabe, sie lachte nur und hielt den Zeigefinger vor den offenen Mund. Sie schloss langsam den Mund hinter dem Finger, das ergab ein Kreuz, ein Versprechen an sich selbst, nichts darüber zu verraten. Das adelte den Wein. Wenn Acqua di Genova Weihwasser war, dann war Lambrusco Messwein. Ich wusste, Greta wollte mir das Gefühl geben, exklusiv überrascht zu werden, obwohl es die Flasche vielleicht im Carrefour um die Ecke gab. Ich mochte dieses Spiel.

In letzter Zeit schien Greta es etwas übertrieben zu haben. Kurz vor Matildes Tod habe sie sich manchmal an den runden Nussbaumtisch gesetzt, unter den Leuchter, um quietschfidel Millefeuilles zu naschen, erzählte die Schattige und machte ein angewidertes Gesicht. Greta habe gefragt, ob noch jemand Kaffee wünsche, oder Tee. Sie habe plötzlich den Ton der Gastgeberin angeschlagen. Jetzt stand eine Rückstufung bevor, die schmerzhaft sein könnte. Sich nur noch um Valentina kümmern in der Wohnung der Schattigen, ihr Brei einflößen, der Ukrainerin assistieren, dic alle beide mit militärischer Strenge bewachen würde. Eine andere Arbeit hatte Greta wohl nicht.

Sie wäre unter anderen Umständen vielleicht eine erfolgreiche Frau geworden. Sie war schön, hatte Energie, und sie war clever. Ich beobachtete, wie sie blitzschnell die restlichen Millefeuilles und den Aufschnitt, den wir zur Vorspeise bei Matilde verschmäht hatten, einpackte. Das hatte etwas bewundernswert Durchtriebenes. Auf ihren Pappteller, den sie nach Hause nehmen durfte, schichtete sie eine wesentlich größere Portion als auf unseren. Trotzdem sah ihr Päckchen nach weniger aus. Sie sah, dass ich es bemerkt hatte und nichts dazu sagte, das besiegelte unsere Verbundenheit. Ich wäre ähnlich vorgegangen, nur war ich nicht in der Situation, Millefeuilles und Aufschnitt schichten zu müssen und mir dazu statische und optische Überlegungen zu machen.

Lasagnette al pesto werden wir hier nie mehr essen, sagte Paul.

Ich verdränge das gerade, sagte ich und dachte umso mehr daran.

Das grüne Gold war milde gewesen, die Lasagnette *sottili,* so dünn gewalzt bekam man sie nirgends, der gedeckte Kuchen mit Artischocke und Pilzen saftig, die gefüllte Kalbsbrust mit Erbsen schmackhaft, dazu gab es russischen Salat *a la ligure,* ein kalorienreiches Russisches Roulette, ich wusste nie, ob ich am nächsten Tag noch in die Hose passte.

Nun verabschiedeten wir uns von all den Gerichten, dem Trost und der Köchin, die wir so gerne *zia* nannten, mit diesem zärtlichen und einlullenden z.

Bin froh, können wir bei Paolo und Maria weiterhin *a la genovese* essen, sagte Paul.

Kein Ersatz.

Das habe ich nicht behauptet.

Die kochen toll. Aber ich werde sogar bei ihnen Matildes Lasagnette vermissen. Vielleicht vor allem dort.

Matilde machte sie pur.

Stimmt, Maria macht sie mit Bohnen und Kartoffeln, Paolo mit Bohnen.

Eigentlich Kleinigkeiten.

Und bei ihnen gibt es Focaccia und Farinata, die gab es bei Matilde nie, sagte ich.

Warum eigentlich nicht?

Keine Ahnung.

Kein Ersatz, du hast recht. Aber wir gehen trotzdem hin, sagte er.

Maria war so bekannt wie Vialli & Mancini, das gefürchtete Sturmduo bei Sampdoria. Vor zehn Jahren war sie mit fünfundachtzig Jahren gestorben, das Lokal wurde seither weitergeführt, als wäre sie noch da. In der Trattoria aßen

Arbeiter, Studenten, Pensionierte, Künstlerinnen, Intellektuelle, Leute mit einem guten Leben in gutem Tuch, Verbrauchte, Halbirre, Suizidanten und wir.

Wenn der Gast eintrat, stieß er direkt auf dieses mickrige Lavabo, er fühlte sich wie in einer kleinen, etwas verwahrlosten Toilette. Desinfektionsmittel, welke Kopfsalatblätter im Plastikeimer, die klassischen Gerichte auf A4-Blättern in Schönschrift angeschlagen: *ravioli di borragine, la cima ripiena, polpo e patate, tomaxelle, stoccafisso, trippa, coniglio al verde.*

Mir gegenüber saß beim letzten Besuch ein alter Versehrter, kaum der Rede mächtig, ein Auge blieb zu, der riesige Bauch wabbelte gegen die Tischkante, oben kaute es heftig. Das Kontrastprogramm zum Corso Firenze. Kaffee gab es bei Maria nicht. Haben wir nicht, machen wir nicht. *Ciao!*

In der Küche arbeiteten ernste Ecuadorianer und trübäugige Asiaten mit den richtigen Instruktionen. Jeder Handgriff saß, im Pesto war bestimmt kein Pfeffer. Marias Foto prangte über der Kasse, ein sanfter Boss. Berühre niemals den heiligen Basilikum mit dem Messer!, sagte sie vom Foto aus, sonst wird er schwarz und deine Seele auch. Warum führte diese Stadt das Georgskreuz eigentlich nicht auf grünem Grund?

Schade, müssen wir morgen zurück, ich hätte Lust, bei ihr zu Mittag zu essen und mir mit dem letzten Bissen den Teller wegnehmen zu lassen.

Am schnellsten ist die Blonde

Du meinst am ruppigsten.

Sagen wir: Sie ist umstandslos, sagte Paul.

Die Trattoria da Maria und das E Prie Rosse gehörten Eingesessenen, die Lateinamerikanerinnen und Asiaten in der Küche kochten göttlich. Nahe dem Dom hatte sich das Blatt gewendet. Das Ristorante La Bohème bei der Kathedrale, das ich wegen des Namens besucht hatte, gehörte einer Chinesin. In der Küche stand ein Genueser, der zu viel Käse in den Pesto streute. Ich nahm dieses Verhältnis als eine Art Vorbereitung auf den Tag, an dem sich Italien vielleicht als erstes G7-Mitglied in die Arme Chinas schmeißen würde. G7 klingt ja auch viel harmloser als G8, merkte Paul an.

Hoffentlich galt das *One Belt, One Road* nicht für die Pasta. Mochten die vielen verschiedenen Pastaformen die Zeit überdauern, auch wenn wir alle früher oder später in einer Diktatur landen sollten, die nur noch Spaghetti erlaubt. Die Pastaformen sind doch das beste Beispiel für die geglückte Evolution, sagte ich.

Pasta ist unbesiegbar, denn Pasta ist dein Diesel, Nina.

Ich war sehr gerührt. Endlich ein schönes Gespräch.

Verrückt, sagte Paul, der gleiche Teig aber jede Form schmeckt anders. Je nach glattem, gerilltem Körper oder gewelltem Rand, je nach Dicke, Länge, Fläche und Proportion. Auch die Beschaffenheit von Zahn, Gaumen, Mund, Kiefer und Zunge spielt eine Rolle, das Zusammenspiel von Esser und Teig und Luft, der Winkel des Aufeinandertreffens.

Und die Linguine-Genießerin hat vielleicht das gleiche Wohlgefühl, das bei ihrem Freund nur bei Farfalle eintritt.

Den Sugo nicht vergessen!

Erinnerst du dich an Matildes Pasta-Credo, Spaghetti nie im Leben mit Fleischsauce zu essen, nur über ihre Leiche, zu dieser Sauce passten einzig Penne. Pasta mit Eiern aß sie sonntags, aber da komme der klassische Pesto zu wenig zu seinem Recht.

Ich fragte mich, ob verschiedene Pastatypen zu bestimmten Träumen führten, zu anderem Begehren. Wie sehr beeinflussten Kissen und Pasta eigentlich unser Leben? Ich nahm an: beträchtlich. Hörnli führten auf alle Fälle zu einem lahmen Fernsehabend, das hatte ich getestet.

Welche Pastasorte hatte ich im Ristorante Caruso gegessen vor der Nacht, in der Paul und ich zum letzten Mal verkehrt hatten? Oder war es etwa der beste Risotto Mailands gewesen? Risotto, das wäre jetzt was! Mein Magen knurrte. Zum Frühstück hatte es weißes Brot mit harten schneeweißen Buttervierecken gegeben und Honig *aus Europa,* dazu tranken wir Kaffee, der schmeckte, als ob Irina den Kaffeesatz von gestern nochmals aufgebrüht hätte. Wahrscheinlich lagen wir da nicht einmal falsch.

Machst du uns bitte einen Espresso mit Matildes *moca,* Paul?

Sicher. Hätte selber darauf kommen können. Greta hätte schon längst einen für uns gemacht.

Greta wird schon noch erscheinen. Vielleicht ist sie in der Wohnung der Nichte bei Valentina.

Die arme Valentina, sagte Paul.

Alte Frauen, die traurig sind, das hält kein Mensch aus.

Und wie steht es mit alten traurigen Männern?

Die haben weniger Erfahrung mit der Darstellung ihrer Traurigkeit, sagte ich.

Und das ist besser?

Sie stören nicht. Sie bringen sich einfach um.

Wir sollten uns also wünschen, dass unser Innenleben mit der Zeit verarmt, austrocknet wie die Haut, so kann uns weniger geschehen, wenn es hart auf hart kommt und wir zur Kasse gebeten werden, ja?

Vielleicht, sagte ich. Vielleicht ist Demenz wie auch Depression eine logische Antwort auf all diese Zumutungen. Ein legitimer menschlicher Zustand, manchmal denke ich, der einzig wahre.

Und die einzig legitime Schichtung ist die *montagnetta,* siehst du?

Tadellos, Matilde wäre stolz auf dich. Was meinst du, weiß Valentina, dass ihre Schwester tot ist?

Hoffentlich vergisst sie es gleich wieder, falls sie es mitbekommen sollte, oder noch besser, erfährt es nie. Demente alte Frauen, die traurig sind, das ist eine schreckliche Potenzierung.

Die Erinnerung verflüchtigt sich wie die Kopf- und auch die Herznote eines Parfums, wie Rauch und Gesang, aber die Basisnote bleibt, von allem, für immer. Das hoffe ich zumindest, sagte ich.

Wo saß die Erinnerung? In der Galle, wo die Wut hockt? Auf der Lunge, dem Ort des Gemüts und der Melancholie? Pochte die Erinnerung im Herzen? War das Hirn damit gefüllt wie eine Petflasche oder hatte die Erinnerung einen Spezialplatz, war sie in eine hübsch verzierte Kiste gesperrt, wo sie – hoch gelobt – gärte und mottete? Oder spazierte sie permanent oder gelegentlich durch mich hindurch – und machte sogar außerkörperliche Eskapaden? Verband sie sich mit anderen Erinnerungen, auch ungeliebten, vielleicht vor allem mit solchen, die ich mir verbot oder die mir verboten waren? Beschloss die Erinnerung eines Tages, sich zu verabschieden? Hatte sie genug? Hatte sie zu wenig Anerkennung? Müde vielleicht? Ausgelaugt? War sie gar gestorben? Ich hörte, wie die Mediziner mich auslachten, sie hielten mich für verrückt. So sind sie halt, diese Künstler. Sie bringen spielend neue Assoziationen, zwar kreuzfalsch, aber frisch, nicht?

Valentinas Erinnerung war bestimmt überall, aber sie hatte keine Sprache mehr, die sich auf die Zunge legen konnte. Die Erinnerung wartete in den Händen, man konnte sie herauskitzeln, herausstreicheln, mit Wärme anlocken. Wir sind so darauf fixiert, dass der Mund etwas absondert oder die Augen aufblühen. Aber was, wenn die Augen nicht mehr aufblühen und der Mund stumm bleibt, das Lächeln kommt und geht, wie es will, ohne an die Erwartung der anderen gebunden zu sein?

Die Erinnerung der Füße an all die Wege blieb, sie wusste um die runden Steine auf der Gasse, den heißen Asphalt im Sommer beim Schwimmbad, den Kiesweg bei der Großmutter, die aufgeweichte Erde nach dem Gewitter, den warmen Kuhfladen, die Scherbe im Park, den stichelnden Rasen, den der Vater frisch geschnitten hatte, sie wusste, wie die Schweißfüße am alten Parkett klebten und dann über den frisch gebohnerten Boden schlitterten und ausrutschten, auf dem Marmor froren, im Schnee staunten und die Federdecke liebten.

Der Kuss. Gilt er nichts ohne Worte, die vorangehen oder folgen? Womit kann man Valentina noch erreichen, Paul?

Vielleicht mit einem Lied.

Du meinst, was Stotterer aktiv befreit, kann auch passiv befreien?

Vielleicht.

Eine Bachkantate. Ich würde für Valentina singen, bald.

Wir sollten alte Menschen berühren, mit Gesang, aber auch körperlich, sagte ich.

Wann hatte ich Valentina das letzte Mal umarmt, wann hatte ich zuletzt ihre Hand in meine Hand genommen? Im Juli. Der Juli war jetzt weit weg.

Du bist süß, sagte Paul.

Ob Valentina Trauer empfand, wusste niemand, ich hatte Angst, dass später einmal auch bei mir alle Empfindungen nachlassen und die Sinne schwinden würden, eine gute Rotweinsauce musste bestimmt gut gewürzt sein im Alter. Parallel dazu würden die freiwilligen, unbezahlten Berührungen zurückgehen. So wie Paul mich früher angefasst hat, würde mich niemand mehr anfassen. Ich wollte dafür wieder bereit sein, bevor es zu spät war, ich wollte kein kaltes Geschlecht vor der Zeit. Ich dachte an die künstlerischen Leuchtreklamen in Tracey Emins Londoner Ausstellung, auf einer hatte gestanden, *My cunt is wet with fear.* Ich antwortete heute: *My body is sad. My cunt is cold with shame.*

Trink deinen Kaffee, Nina.

Sì, signor!

Der Espresso war kräftig, heiß und gut.

Niemand kann abschätzen, wie Valentina reagieren würde, wenn sie die Totendiener sähe, wie sie einen Sarg aus dem Haus der Schwester tragen, sagte Paul.

Vielleicht würde ein früheres Ich etwas verstehen und gleich noch ein verständliches Wort sagen, gar einen ganzen Satz.

Stell dir den Schrecken der Pflegerin vor!

Der Ukrainerin widerstrebt jede Art von Konversation, das hat mir die Schattige erzählt, sie sei wortkarg und meistens schlecht gelaunt. Aber sehr korrekt und diszipliniert, sagte ich.

Das ist wohl ihr Manko und ihre Stärke, die sie für die Arbeit mit der Verlöschten qualifiziert.

Man stelle sich vor, Valentina würde im Park sitzen, an ihrem Jeansrock zupfen und plötzlich sagen, Jeans kommt von Genova. Was für ein Schock! Vor allem, weil die Aussage ja faktisch korrekt ist, die Jeans war ja ursprünglich eine Arbeiterhose aus Genua, in den USA sprachen sie Genua einfach französisch aus.

Aus dieser dicken Baumwolle, Fustian, ein arabisches Wort. De André behauptet übrigens, es gebe im Genuesischen über 2000 arabische Lehnwörter, wusstest du das?

Nein.

Schade, Nina, dass du kein Parfum und keine Jeans trägst, beides steht dir so gut. Du magst doch Blau.

Ja, aber du täuschst dich, Jeans stehen mir eben gerade nicht. Und wenn wir schon beim Thema sind, wann gehen wir endlich wieder in diese grandiose Blu-di-Genova-Ausstellung neben der Kathedrale?

Wir gehen hin und reißen ein paar Löcher in die Wandbehänge, damit es zeitgemäßer wirkt, sagte Paul.

Das ist nicht lustig.

Die ältesten Jeansstoffe waren in dem Jahr, als Paul und ich uns gefunden hatten, nach Genua zurückgebracht worden. Besonders die sieben großen Tücher hatten es uns angetan. Szenen aus der Passionsgeschichte, von lombardischen Malern gestaltet, die sich an Stichen von Dürer inspiriert hatten.

Du weißt schon, dass sogar die Jeans von Garibaldi, die wir in Rom gesehen haben, ein Loch auf Höhe des linken

Knies hat? Ausgerechnet an der Piazza Venezia ausgestellt, lachte er.

Ja, aber das Loch ist mit einem Flicken überdeckt. Im vorletzten Jahrhundert waren zerfetzte Kleider nicht Mode.

Aber Revolutionen. Das Loch war die Folge eines Anschlags auf sein Leben.

Klingt gut, sagte ich. Nicht so heroisch wie Anita, aber auch toll.

Sie waren beide toll.

Ja.

Sind aber leider nicht miteinander alt geworden, sagte Paul.

Er wusch die *caffettiera* aus und räumte die Tassen ab.

**

Der Aufzug beförderte uns nach unten. Ein alter, langsamer Kasten mit Holz- und Gittertüren, der die Passagiere in einen Mafiafilm versetzte und vermuten ließ, sie würden jeden Augenblick wegen einer zu schweren Ladung Waffen und Drogen, die auf dem Dach versteckt war, in die Tiefe donnern. Matilde hatte während der Fahrt immer ungeduldig mit dem Fuß gewippt.

Wie viele Kilo Schweizer Schokolade mochten wir wohl in all den Jahren nach oben transportiert haben? Zuerst assortierte Pralinen und gefüllte Hüppen, bis Matilde sagte, sie habe genug davon, es gelüste sie nach Tafelschokolade. Fürs gleiche Geld bekommt ihr viel mehr, und ich auch, die Tafeln halten länger, ungekühlt, und sie sind stapelbar, das ist praktisch. Also kamen wir nie mehr ohne Milchschokolade, entweder pur oder mit Haselnüssen. Die schwarze

Schokolade ist in Italien um Welten besser, behauptete Matilde, ich esse nur die aus Turin.

Als der Aufzug hielt, sagte Paul, ich würde am liebsten nochmals rauf- und runterfahren.

Ich auch.

Wir traten vor den Palazzo und gesellten uns zu den Nichten, die uns vermisst hatten. Da tauchte Greta neben mir auf, die laut *salve signora Nina* sagte. *Buongiorno Greta,* antwortete ich. Meine Frage, wo Greta denn nur bleibe, ob sie nicht auch hier wohne, hatte die Witwe zuvor heftig verneint, nein, nein, keinesfalls, sie sei sicher nicht am Corso Firenze zu Hause. Sie komme immer aus dem Nichts und verschwinde wieder. Wie das Phantom der Oper, dachte ich. Sie habe nicht einmal eine Telefonnummer, man müsse immer klare Abmachungen treffen, bar bezahlen, wöchentlich. Jetzt war die unberechenbare Greta da und strahlte mich an. Paul nickte sie bloß kurz zu. Sie hatte mich immer bevorzugt, sie liebte Frauen.

Die Septembersonne erleuchtete den Park. Der Park vermisst Valentina, dachte ich. Ich rückte meine neue schwarze Sonnenbrille zurecht. Sie war vom Discounter, der große Labels anbot, ein absurd günstiges Modell. Von vorne sah es toll aus. Hoffentlich bemerkte niemand die stillosen Bügel, weiß gerippt, und das grasgrüne Lacoste-Krokodil mit dem wedelnden Schwanz und der entblößten roten Zunge. Ein vulgäres Reptil, inmitten von Trauernden besonders unpassend.

Greta stand lächelnd vor mir, ich wusste nicht, was ich sagen sollte, ich rechnete aus, wie viel ich beim anonymen Brillen-Discounter auf Kosten des hilfsbereiten Lenzburger

Optikers gespart hatte. Meine Strafe: Ich fühlte mich mit dem Billiggestell weder elegant noch mysteriös. Ich legte die Schultern nach hinten, strich den Rock gerade und öffnete den obersten Druckknopf des schwarzen Mantels. Der Knopf war bauschig verziert, er sah aus wie eine Kokarde. Ich fasste an die Lieblingshalskette von Matilde, spürte mein Bracelet mit den Schlüsseln und Herzen, betrachtete meine Handtasche. Ich durfte mich trotz Discounter-Brille sicher fühlen. Jetzt lachte Greta laut. Als hätte sie meine Gedanken erraten.

Die schattige Nichte trug weder Lacoste noch Max Mara. Sie stand im Licht des frühen Nachmittags, untergewichtig, in Schnürschuhen. Sie trug helle Jeans, die bis zur Taille geschnitten waren. Ihre schmalen Schultern steckten in einem weiß-blau gestreiften Baumwolljackett, das sich mit einem Perlmuttknopf schließen ließ. Sie hielt eine mit weißen Sternen bedruckte Stofftasche an der Kordel und blickte auf die meine. Ja, London, Bond Street. Ein Geschenk von Paul, als er mich noch leidenschaftlich liebte. Aber die Schattige schaute gar nicht zu mir, sie schaute durch die Tasche hindurch, und ich schämte mich.

Ihr Mann zeigte sein Profil. Der Bauch begann kurz unter dem Hals und wölbte sich in einer Weise, die heute nicht mehr gängig war, ein Hügel ohne Landschaft. Der Hintern breit und ebenfalls in Jeans gepackt. Er trug ein Jackett mit Nadelstreifen. Sie waren bestimmt ein Paar, das von sich als Team, als *squadra,* sprach, was nach mehreren klang und ein bisschen vergessen machte, wie alleine man zu zweit ist. Seine pralle Vorderseite hatte das ganze Material der Hinterseite an sich gezogen, wie durch einen kräftigen Sog, der auch vor seiner Frau nicht haltmachte.

Die Totendiener vor der Limousine, vielleicht inspiriert von den Soldaten des Buckingham Palace, zuckten nicht mit der Wimper, als sich die Gruppe langsam in Bewegung setzte. Die Witwe mit dem Buckel hinkte, nach wenigen Schritten schwankte sie, wir standen wieder still. Ihr Sohn eilte herbei. Alle redeten auf sie ein. Inzwischen hatte der Sohn ihr die Tasche abgenommen, er hielt sie unbeholfen am Riemen. Seiner schwangeren Frau bereitete das Stehen ähnliche Mühe wie der Schwiegermutter. Wann gehen wir endlich weiter?, wiederholte der übergewichtige Junge. Ich schätzte den Kleinen auf fünf Jahre. Er sieht aus wie ein Kugelfisch, sagte Paul.

Der Kugelfisch trank wohl schon zum Frühstück Cola, aß Plätzchen aus Weißmehl, mit dem ein Drittel jedes *supermercato* vollgestopft war, *farina tipo 0,* und er verwendete bestimmt seine ganze Energie auf Videospiele und batteriebetriebene Plastikspielsachen, die sich in seinem Zimmer türmten.

Mamma, du wolltest doch nicht weinen, du weinst doch sonst schon genug, sagte die Tochter der Witwe. Sie nahm dem Bruder die Tasche ab, hängte sie an die Mutter und ging zu ihrem Freund mit dem dünnen Pferdeschwanz, der betonte, er gehe auf keinen Fall mit in die Kirche.

Der Engländer kam auf uns zu: *Ciao Paolo, caro amico.* Lass uns in der Bar dort drüben einen Espresso trinken. Bis das Ganze weitergeht, dauert es sicher noch eine halbe Stunde. Dann erzähle ich dir, warum ich Italien verlassen habe.

Fünfzig Jahre hatte er als Hotelier in Brighton gelebt, sein Italienisch war durchsetzt mit englischen Ausdrücken, die er italienischer aussprach als jeder Italiener.

Laut Matilde wegen deines fußballverrückten Vaters, antwortete Paul.

Ja, genau, aus Verbundenheit zu meinem Vater und zum CFC Genoa. Der Club vereinigt meine Schweizer Wurzeln mit der anglophilen Seite der Genueser. Genua ist ja die englischste Stadt Italiens, das wusstest du, oder? Den Club haben vor genau 125 Jahren ein paar cricket- und fußballverrückte Engländer gegründet, das Team zählte fünf Engländer, vier Schweizer und nur zwei Italiener, und es wurde natürlich gleich sechs Mal italienischer Meister. Er lachte. Ihr Schweizer wart top. Paolo, ich bin jetzt nach Genua gekommen, es gehört sich so, aber ich kehre nie wieder nach Italien zurück, *Italia is not right,* sagte der Engländer. Er wiederholte eindringlich, *it is not right!*

Die, die das gehört hatten, nickten, als wüssten sie, was er mit *not right* meinte. Vielleicht nickten sie, weil sie an der Leichtigkeit des Neffen teilhaben wollten, an seinem Lachen mit diesen sehr weißen Zähnen und seiner Kleidung, die ihm die frivole Lust auf eine Bootsfahrt inklusive erotisches Abenteuer unterstellte. Er hatte bestimmt fünfundsiebzig Lenze auf dem Buckel. Er zeigte offen, dass er kein bisschen trauerte und auch in Zukunft nicht vorhatte zu trauern, auch wenn er sich damit einen Vorteil verspielte. Der Neffe war ein lustiger freier Vogel mit gemustertem Seidentuch in der Tasche des zerknitterten Jacketts, das nicht exzessiv teuer wirkte, aber sehr cool.

Seiner Schwester, der Witwe, bot er an, ein Taxi zu bestellen, auch wenn es bis zur Abdankungskirche nur 300 Meter waren. Keine besonders interessante Kirche, sagte er, sie ist nach den Bombardements wieder aufgebaut worden, ziemlich geschmacklos. Die Witwe klappte nach vorne. Laufen war *not right.* Der Engländer hielt sie, tätschelte ihren Buckel. Sie verzog das Gesicht, sagte, ich will kein Taxi, geh jetzt bitte weg!

Sie wollte als Märtyrerin anerkannt werden und alle Munteren abmahnen. Warte nur, bis es dich erwischt, sagte der Blick, den sie dem Bruder zuwarf. Ihr übergewichtiger Enkel verdrehte die Augen, ihre erwachsenen Kinder tuschelten, das Tuscheln ging in ein Zischen über, als würde hier gerade eine Familie angebraten. Ich fragte Paul, ob er die Nummer der Ambulanz kenne, für den Notfall.

Er sagte, sicher, Nina, und die Nummer unseres Taxifahrers habe ich auch noch. Der Soziologe für den Notfall, dachte ich.

Wir hauen ab in einem Toyota?, sagte ich, klingt aufregend. Aber nach Berlin will ich nicht.

Du sollst auch nicht nach Berlin, liebe Nina.

Liebe Nina? Ich zuckte zusammen. Das war eine Ansage. Eine Warnung.

Ein Krankenwagen während der Zeremonie war bestimmt die Horrorvision der jüngeren Nichte. Ihre Angst vor öffentlicher Entblößung war wohl ebenso groß wie die, dass die Witwe den größeren Brillantring bekommen würde. Sie teilte der älteren Cousine lauter als nötig mit, sie solle sich jetzt endlich schonen. Ich schone mich seit Jahren, sagte die Witwe, fasste nach der Hand der Schattigen, nun gingen sie langsam zusammen über die Straße. Die Märtyrerin und die Masochistin, sagte ich zu Paul. Der Engländer lachte laut, sein Kinn zeigte aufmunternd nach oben, der Hypochonder stimmte mit ein. Die Schattige schaute zu den beiden herüber und schüttelte den Kopf.

Der Zug setzte sich wieder in Bewegung.

**

Greta hatte sich unterdessen eine Zigarette angesteckt. Sie feierte die eigene Existenz mit der Auflösung einer anderen. Das sah gut aus, das sah verdammt gut aus. Sie wirkte, als habe sie einen Geschlechtsakt erfolgreich überstanden, nun kam der angenehme Teil, rauchen, sich anziehen, eine zweite Zigarette anstecken, Lambrusco trinken, die Lippen nachziehen, abhauen. Boudoirgehabe mitten auf dem Bürgersteig. *La donna* atmete lange aus, wie in einem Meditationskurs, wie Matilde es immer gemacht hatte. Ich musste an die *zia* denken, die gerade zur See fuhr und sich hinter einem ihrer Fenster die Lippen nachzog. Greta atmete immer noch aus, sie hörte nicht mehr auf damit. Der Rauch war schon lange weg.

Ältere Raucherinnen waren anziehend, alte Raucherinnen die Perfektion. Wenn alte Frauen das Feuer zwischen den Fingern trugen, reklamierten sie ihre archaische Rolle als Seherinnen, sie hatten niemanden nötig, nur sich selbst und die Zigarette, Mittlerin zwischen Himmel und Erde in einer Choreografie aus Annäherung, Zuwendung und Abstand. Entspannung. Alte Raucherinnen auf dem Bahnsteig und vor dem Restaurant sagten der Welt *fuck you and fuck off, and, yes, I fuck myself.* Ich musste mich darum kümmern, das Rauchen zu lernen, bis ich siebzig war, ich wollte eine jüngere Frau auf dem Bahnsteig beeindrucken, ich wollte, dass die denkt, ich denke *fuck off.* Wie tröstlich musste der Akt des Rauchens sein, wenn sogar die Zuschauerin den Beistand fühlte.

Greta löste sich aus der Gruppe und marschierte Richtung Park los, ohne nach *right* oder nach *left* zu schauen, jetzt überholte sie mit ausladenden Schritten die beiden ineinander verkeilten Nichten. Gretas große Brüste wippten, das geblümte Kleid hatte sich aufgebauscht, und das sah aus, als drehe sich der Körper im Kleid, als habe der Körper sich verselbständigt und halte Abstand zum Kleid. Das ließ mich an die kleine Primaballerina von Magneto denken, die vor dem magnetischen Spiegel stand, der das Püppchen zum Tanzen brachte.

Ich fragte mich, wo Gretas Magnet angebracht war, als sie abrupt stehen blieb und winkte. Nina, sie winkt dir, sagte Paul. Greta deutete mit dem Zeigefinger auf mich und riss die Augen auf. Sie rief, *sì!* Ja, du! Ja, die Sängerin. War das nicht übergriffig? Andererseits, ich hatte sie immer besonders freundlich behandelt, mich ihr zugewendet, ein kleines Gespräch angefangen, ihre Bluse gelobt, nicht zuletzt, um zu verhindern, dass sie die *zia* während unserer Abwesenheit schlecht behandelte, weil Matilde eine allfällige Vergeltung Gretas vielleicht nicht mehr abzuwehren vermochte.

Greta war ein dominanter Typ. Dominante Typen kamen in verschiedenen Konstellationen und Höhenlagen vor. Wer dachte, dominante Typen kommen nur dort vor, wo man sie vermutet, hat von der Welt weniger verstanden, als für ihn oder für sie gut ist. Paul sagte, Nina, geh nicht, sie will dich bezirzen. Er griff nach meiner Hand, bekam aber nur Zeige- und Mittelfinger zu fassen, die ich ihm entzog. Ich liebe deine Eifersucht, sagte ich, ich meinte es ironisch, und das tat weh. Dann überquerte ich die Straße.

Greta lachte. Dank des fehlenden Schneidezahns war ihr Lachen besonders effektvoll. Hatte Greta viel durchgemacht? Vielleicht.

Gretas Sohn, den Matilde einen Taugenichts genannt hatte, sah ich zum ersten Mal, die Mutter sah ihn wohl auch eher selten. Er war eben aufgetaucht, um zu kondolieren. Eilig und mit Pflichtgesicht hatte er die Runde absolviert, dann war er gegangen, gehetzt und fahrig. Ich vermutete, sobald er außer Sichtweite war, würde er sich eine verbotene Substanz zuführen. Ich schaute ihm nach und fühlte mich wie am Meeresstrand nach einem garstigen Winter in Zürich. Er war attraktiv in seiner Lederjacke mit dem kaputten Reißverschluss. Einer dieser Hochgeschossenen, unbeschwert und stolz, mit einer Hüfte, die ich anfassen wollte, aber er war selbstvergessen, abwesend, seine Vergangenheit, die ich ahnte, macht ihn zum Erotikon, weil er keine Zukunft hatte, es war etwas Kaputtes an ihm, das sich noch nicht ganz entfaltet hatte.

Er würde bald nicht mehr frisch sein, der Zugriff müsste schnell erfolgen. Nur, der schlief wohl mit niemandem, denn sein Sex war der Gang, das Ministerium der schönen Künste und der Erotik hätte ihn verpflichten müssen, vierundzwanzig Stunden am Tag auf der Straße zu gehen, rauchend, ohne Ziel. Dafür hätte man ihn bezahlen müssen, damit er nicht wie all diese unabhängigen hochgeschossenen Eleganten mit der beweglichen Hüfte vor die Hunde ging, weil sie ja zu nichts kamen in all ihrer Pracht. Sie mussten sich mit Drogen zugrunde richten oder die Apotheke plündern. Später würden genau diese ausgeplünderten Apotheker ihnen Methadon geben, so lange, bis sie des Landes verwiesen wurden und starben. Ihre Leiche würde vier, fünf Tage nicht gefunden werden, und niemand würde sich an ihre Schönheit erinnern. Nur ich.

Ich hatte Greta immer nur im Haus gesehen, nun ging

la donna am helllichten Tag auf der Straße, das hatte etwas Verruchtes, das sie zurückwarf auf ihren Körper im geblümten Kleid. Nie war klarer, dass der Körper keine Hülle ist und kein Fleischsack, er war das Eigentliche und Wichtigste, und in dem fühlte sie sich wohl, sie füllte ihren Körper vollkommen aus, obwohl sie alt war.

Ich war auch eine *donna,* die auf ihren Körper zurückgeworfen worden war, ich fühlte mich verwandt, obwohl Greta von da unten kam, das hieß sicher aus den *vicoli,* erster Stock, sie sah nur einen winzigen Ausschnitt der Welt. Ich war die Signora Nina, die vor lauter Privilegien wenig sagte, ihr Italienisch war gestelzt, immerhin verstand sie alles. So wurde ich bestimmt beurteilt. Ich war keine, die nur einen winzigen Ausschnitt der Welt zu sehen bekam. Und doch waren wir verbunden, ich hatte ihre Stapeltechnik bemerkt und sie nicht verraten.

Greta schlang den Arm um meine Taille. Jetzt waren wir ein Paar. Ich traute mich nicht, meinen Arm um sie zu legen, aber ich traute mich auch nicht, ihren Arm zu entfernen. Ich ging ganz schief. Greta bestimmte die Gangart. Sie hatte das Gesicht abgewandt. Wie alt mochte sie sein? Sechzig oder achtzig? Sie schaute auf die Stadt hinunter und atmete tief durch. Genoss sie die Aussicht? Hatte sie Sinn für Aussichten? War sie erleichtert, dass sie den Abwasch bei Matilde nicht mehr machen musste, nur noch den bei der schattigen Nichte, wo sie regelmäßig vorbeischauen würde, um die Pflegerin zu unterstützen und Valentina das zerkleinerte Gemüse einzulöffeln? Unter das Gemüse mischte Greta Fleisch, ich wusste es von der Schattigen.

Mit jedem Meter, den ich verkrampft gehen musste, wuchs der Zorn in mir. Gleichzeitig wuchs meine Erregung.

Jetzt ist Matilde tot, ich werde nie mehr Gelegenheit haben, dir Lambrusco einzuschenken, wenn ich gerade nicht beim Abwasch bin, mochte Greta denken. Du bist die Ausländerin, die mir Gesellschaft leistet. Du bist hübsch angezogen, bestimmt Max Mara, du hast immer so ein Theater mit deinen Einkäufen gemacht, kommst von weit her, bist eine Sängerin, singst vor Menschen, stehst kerzengerade in der Landschaft, als sehe dir immer jemand zu, trinkst aus der kleinen Thermosflasche und sprichst hier nicht viel. Mit deinem Mann sprichst du viel. Ich könnte dich zu allerlei zwingen, und ich könnte deinen Mann zwingen, hierher zu kommen, den Herrn Nachlassverwalter. Ich habe euch in der Hand.

Vielleicht ging Greta davon aus, dass sie im Testament bedacht worden war? Oder sie ging davon aus, dass sie nicht bedacht worden war, und wollte mit meiner Drangsalierung noch etwas Spaß haben, bevor sie ihren Status verlor. Jetzt blieb sie stehen und zeigte mir die Handfläche der rechten Hand. Ihre Lebenslinie war auffallend lang und tief. Sollte ich diese Linie loben, sie interpretieren, ihr gratulieren? Oder sollte ich etwas in die offene Hand legen? Ein Trinkgeld? Meine Erbsenkette mit Amulett? Meine Hand? Am liebsten hätte ich zugebissen, meine Zähne tief in ihr Fleisch geschlagen, stattdessen umfasste ich ihre Hand und küsste sie so kurz wie möglich. Sie war überrascht, das hätte sie nicht erwartet, sie zog die Luft ein und drehte langsam ihre Hand um.

An Gretas Mittelfinger prangte Matildes großer Brillantring, um den die Witwe und die Schattige sich stritten. Dies also war Gretas Magnet, der sie auf der Promenade tanzen ließ wie dieses Püppchen. Der mittig gesetzte Stein war fingerkuppengroß, gut vier Karat, rund herum waren fünf

Blätter in Weißgold angebracht, die mit je zwei Halbkarätern besetzt waren, das machte insgesamt fast zehn Karat. Mit diesem Ring hätte sich auch in Hollywood keine zu schämen brauchen. Anita Garibaldi hätte er im Kampf gestört, für Marlene Dietrich wäre er zu feminin gewesen, an die Hand von Romy Schneider hätte er perfekt gepasst. Aber es war Matildes Ring, ihr vielgeliebter Mann habe ihn ihr irgendwann ohne Tamtam geschenkt, sagten alle, niemand wusste, zu welcher Gelegenheit. Ich wusste: zu keiner. Er war von Costa.

Ihr Ehemann hatte Matilde zur Verlobung einen Brillantring anfertigen lassen, von Antonio Zanni an der Via Maragliano, wie in der zinnoberroten Lederschatulle zu lesen war, die Matilde aufgehoben hatte. Zanni war nicht, wie die meisten anderen Goldschmiede, in der Gasse neben der schicksten Konditorei von Matildes Mann ansässig gewesen, wo im ersten Stock traditionell jeweils die Ateliers und unten die Verkaufsläden eingerichtet waren. Zanni und sein Renommee waren eine kleine Reise wert gewesen. Matildes Mann ließ mehrere Schmuckstücke anfertigen. Der Goldschmiedemeister brachte die Päckchen höchstpersönlich an den Corso Firenze. Den Verlobungsring trug Matilde bis vor zehn Jahren Tag und Nacht, dann waren die Finger krumm geworden. Ich erinnerte mich an die drei großen Diamanten, Steine, die ihr Mann von seiner Mutter geerbt hatte.

Diese Diamantrose war nicht aus Genua. Sie war *sub rosa,* unter dem Siegel der Verschwiegenheit, an Matildes Hand gelangt. Matilde winkte mir zu und Fabrizio de André sang, *E come tutte le più belle cose, vivesti solo un giorno come le rose.* Er meinte vielleicht die Liebe. Eine Liebe in einem Leben, ein sonniger Tag wie heute, es wehte der gelbe Wind

Genuas, und es leuchteten der Berg und vor allem das Meer. Hat Paul von Matildes Geheimnis gewusst? War er deshalb Tiffany so verbunden, ja beinahe besessen von dieser Marke? Wollte er etwas wiederholen? Nur, ich war doch nicht seine Geliebte.

Ich musste auf Gretas Hand gestarrt haben, sie strich über meine Hand, wie um mich sanft aufzuwecken. Dann fasste sie mich wieder um die Taille, noch enger als zuvor. Sie legte den Mittelfinger mit dem Ring an ihren geschlossenen Mund. Ich nickte, obwohl ich nicht nicken wollte. Greta küsste den Ring, dann hielt sie ihn mir hin, sie wollte, dass auch ich den Ring küsse. Ich wähnte mich im Vatikan. Der Fischerring zeigte das Bild des heiligen Petrus, der das Netz einzog. Greta kam mir auch wie eine Fischerin vor, eine Bastardin des Papstes, aber ich ging nicht ins Netz, ich war ihr keine Treue schuldig.

Ich tastete nach meinem Verlobungs- und nach meinem Ehering, ich war bedient. Ich war nicht eifersüchtig auf Greta, trotzdem hatte ich Lust, sie zu stoßen oder zu schlagen. Sie reichte mir eine Zigarette, ich nahm die Zigarette und steckte sie in die Manteltasche. War ich jetzt Gretas Komplizin? Hatte sie mich all die Jahre mit ihrem roten Sprudel auf das hier vorbereitet?

Bestimmt hatte Matilde Greta den Ring geschenkt, bestimmt war Greta gut gewesen zu ihr in unserer Abwesenheit, eine gute Seele, dachte ich. Und ich dachte auch das Gegenteil. Greta zeigte mir noch immer ihre Hand, sie drückte ein Auge zu, blinzelte und sagte leise: *sì*. Dann drehte sie die Brillanten auf die hintere Seite des Fingers und hielt mich an der Hand, der Ring stach in meinen Handballen. Sie sagte, *vieni,* als wolle sie mir etwas ins Ohr sagen, ich zögerte, ich meinte, Shalimar zu riechen, da küsste sie mich mit ihren weichen Lippen auf den Mund. Wir gingen wortlos weiter und überholten dabei zum zweiten Mal die Witwe und die Schattige, die alle paar Schritte haltmachten.

Die Kirche lag an einer Bushaltestelle. Die Witwe hätte den Bus nehmen können. Ich blieb stehen, Greta ging weiter. Sie brauchte mich nicht mehr. Vielleicht nahm sie auch an, ich würde auf Paul warten. Sie spazierte in Richtung Eingang und blieb auf einer Treppenstufe stehen. Jetzt schaute sie auf ihre Hand und lächelte. Ich fuhr mit dem Handrücken über meinen Mund, um ihren Kuss wegzuputzen.

Etwa dreißig, vierzig Menschen waren zum letzten Geleit erschienen, zwei Drittel davon alte Männer. Matildes Liebhaber? Oder waren es Männer, die gerne ihre Liebhaber gewesen wären? Oder mindestens glühende Verehrer? Ein paar wenige mochten ihre Geschäftspartner gewesen sein, Nachbarn, Freunde, alle weit über achtzig, über neunzig, gut frisiert, wo frisiert werden konnte, formell gekleidet, die Schuhe geputzt. Sie formierten sich zu einem Zug der alten Herren, den ich zu riechen glaubte, ein paar stachen heraus, sie rochen nach Kuchen und einem herben Rasierwasser.

Endlich kam Paul. Ich habe in der Bar einen Kaffee mit dem Engländer getrunken, sagte er, du wolltest ja nichts von mir wissen. Er umarmte mich kurz und gab mir einen Klaps auf den Hintern, der sich kollegial anfühlte. Er mochte mich. Wir gesellten uns zu den anderen Verwandten, Greta stand nicht mehr am Eingang, als wir in die Kirche traten, wo alle den Kopf nach uns umdrehten. Sie schauten, weil der Sarg uns folgte, er lag auf sechs alten Männerschultern.

**

Der junge Priester zeigte sein Gesicht und seinen ovalen Schädel mit dem geschorenen Haar. Den bestimmt ebenso attraktiven Rest verbarg er während der Totenmesse unter dem violetten Messgewand, die Farbe der Fastenzeit, die meines Wissens nicht im September stattfand. Kein einziges treffendes Wort zu der Toten, nichts, das sie nur annähernd beschrieben hätte oder zu Herzen ging, hatte der schöne Priester gefunden und nur allgemein salbungsvoll an ihr und an uns vorbeigeredet. Aber als er in Birkenstocksandalen vor dem Altar stand, sah man seinen griechischen Fuß, den des klassischen Athleten, ich war begeistert.

Die zweite Zehe ist ein Fingerzeig, flüsterte ich.

Sie sagt, spende üppig!, bemerkte Paul matt.

Oder sie sagt, die Zwiebeln fein hacken! Der Priester gleicht doch dem englischen Fernsehkoch, findest du nicht?

The naked chef?

Ja.

Die Trauergemeinde würde vielleicht beim Gebet darüber nachdenken, was der Gottesmann da oben trieb, ob auf dem Altar hinter silberner Deckeldose, Teller, Kelch und weißer Serviette auch noch Schneidebrettchen, Fleischmesser und Bratpfanne lagen. Das Publikum könnte verbotene Substanzen in den Silbergefäßen vermuten und dem Küster andichten, er sei ein lüsterner Küchenjunge. Der schwang gerade diskret das Weihrauchgefäß, um die Glut zu halten.

Ich dachte an Matilde, wie schön sie gewesen war, ich dachte an ihre Hände im Tod, an ihr Porzellan, ihren roten Oleander und den Balkon, den ich wohl nie mehr betreten würde, ich dachte an den Totendiener mit dem Schweißgerät, an Greta und ihren Sohn und dass Paul von mir enttäuscht war. Ich musste mir in Zukunft mehr Mühe geben, ohne dass es Mühe war, ich musste einfach weiterleben, besser leben, intensiver, mehr unternehmen und tun, vor allen Dingen musste ich zurück in eine feste Anstellung, singen, ich wollte viel mehr singen. Ich hatte mir eingebildet, diese Schwangerschaften so sehr zu wollen wie Paul, aber mir fehlten die Kinder nicht, mir fehlte das Singen und mir fehlte Pauls Humor, der echte, nicht der zur Aufmunterungsstrategie verkommene. Ich wollte mit einem Paul zusammen sein, der wieder Scherze machte ohne Ziel. Für immer.

In der vergangenen Stunde war ich in Stimmung gekommen, ich empfand ein Verlangen, dem ich nichts entgegensetzte, obwohl es unpassend war. Es wuchs aus dem Schönen und Prallen, das ich erblickte, und aus der Trauer, dem Verlust, der Verwirrung. Die Kombination tonisierte mich. Paul und ich waren heute in eine neue Phase eingetreten. Wir hatten noch viel vor. Heute. Morgen. Nächstes Jahr.

Die Gemeinde sang ein Kirchenlied, das ich nicht kannte, ich improvisierte leise.

Ich war verführbarer als Paul, unserer Ehe hatte das nicht geschadet, ich hatte immer eine kleine stolze Lust von meinen Ausflügen mit nach Hause getragen, um sie ihm zu schenken wie eine Flasche Champagner zum Date, deshalb hielt sich mein schlechtes Gewissen in Grenzen. Wir hatten beide profitiert von meinen Bettgeschichten. Während der Abdankung fühlte ich mich mit einem Mal befreit, ich wollte unser Auseinanderdriften radikal anerkennen.

Als die letzte Strophe des Kirchenliedes verklungen war, schaute ich zu Paul. Er war von der Show-Küche fasziniert.

Die Abdankung schien keine allzu große Belastung für ihn zu sein. Meine Befürchtungen waren unbegründet gewesen. *Mon Dieu,* ich hatte große Lust auf ihn, ich hatte Lust auf alle hier, aber vor allem auf ihn. Ich hatte Lust, ihn zu küssen, auf den Mund, auf Augen und Stirn, seine Haare wollte ich um meine Finger drehen, ich hatte Lust, ihn auszuziehen. Er nickte. Ich nahm es als Zeichen.

Der Priester könnte Influencer werden, sagte er.

Ja, jeden Tag einen Teil seines Körpers, raffiniert verhüllt, aus seiner faden Kirche heraus auf Instagram posten.

Hinter uns räusperte sich ein Mann, ich schaute nach hinten, sah einen Herrn mit Mittelscheitel im Sonntagsgewand, flüsterte *scusi,* er lächelte. Da erblickte ich Gretas Sohn. Der machte hier also auch alle an. Genau wie seine Mutter. Sie hatte kerzengerade mitten unter dem Kirchenportal gestanden, als der Zug der alten Männer sich in Bewegung setzte, lächelnd wie eine Madonna ohne Kind. Die einen gingen links an ihr vorbei, die anderen rechts.

Greta hatte signalisiert, ich mache den Schluss. Dass sie ganz im Gegenteil den Anfang gemacht hatte, war dreist gewesen. Als die Verwandten kamen, war sie schon nicht mehr da. War da etwa ein Plan aufgegangen? Hatte sie mich vor Matildes Palazzo so selbstbewusst über die Straße gerufen, weil sie für ihre Inszenierung eine Komplizin brauchte?

Den Friedenswunsch am Ende der Messe hatte ich mit einem Mann getauscht, der in der Bank vor mir stand. Ich hatte, erleichtert, dass es bald geschafft wäre, die Hand ausgefahren und seine gedrückt, als der Mann sich ganz umdrehte. Sein Gesicht war mit Warzen übersät, auch die Hand war voller Warzen, ich erschrak und zog meine Hand viel zu schnell zurück.

Für die Kollekte legte ich einen Fünf-Euro-Schein ins Körbchen, Paul hatte ihn mir diskret zugesteckt, ich will kein Macho sein, sagte er. Dem Taxifahrer hatte Paul einen Zehn-Euro-Schein gegeben, *va bene così.* 25 Prozent, dachte ich. Der Taxifahrer hatte sich bedankt und länger als nötig zu uns geschaut. Vielleicht dachte er, Trauernde sind großzügiger. Schweizer und vor allem Schweizerinnen gaben eigentlich ein Trinkgeld, das fünf Prozent der Konsumation nicht überstieg, und in der Kirche einen Zweifränkler. Zweifränkler klingen in der Kasse wie ein *Fünfliber,* ein ganzer runder Laib aus Metall. Ich gab Fünffränkler nicht gerne weg, sie machten meine Hand glücklich. Fünffränkler machen aus erwachsenen Schweizerinnen Kinder, die ihr Vermögen in Fünffranken-Stücken anlegen würden, weil die aufgetürmten Geldstücke viel mehr hermachten als die eigentliche Summe.

Fünf Euro für diese unpersönliche und lieblose Messe war ein zu hoher Betrag, aber dies war ja kein Trinkgeld, es war für einen guten Zweck. Die Trauergemeinde sah das wohl auch so, denn sie raschelte in der Kirche nicht mit Scheinen, sondern klimperte so ungeniert mit den Münzen, als sei die Stille falsch. Ich klimperte mit meinem Bettelarmband am Handgelenk.

Als der schöne Priester uns nach draußen entließ, blieb Paul sitzen. Nervös erwartete ich ihn im Kirchgang. Vor der Kirche waren Kondolieren, Verabschieden und Bedanken bereits in vollem Gange. Die alten Männer waren verschwunden, als wären sie nur eine Erscheinung gewesen, Greta und ihr Sohn waren auch weg. Vielleicht bereits beim Pfandleiher? Oder mit dem Bus unterwegs nach Staglieno? Ich war erleichtert.

Meine Füße schmerzten. Auf dem Vorplatz zog sich der Familienkreis immer enger. Der Sarg wartete in der Limousine, ein Fensterband im Heck erlaubte den Blick auf die Kränze, die Warnblinkanlage war eingeschaltet. Mehrere Privatwagen standen bereit. Wir würden Matilde in die Nekropole begleiten. Nekropole. Was für ein düsteres, mächtiges Wort. Auf so mancher Europatour war sie fest eingebaut.

Paul schob mich auf die Rückbank des kleinen Peugeots der Schattigen. Nicht so drängend, *non così stringendo,* Paolo, sagte ich in leisem Sprechgesang. Ich war in Flirtlaune. Wir folgten dem Leichenwagen quer durch die Stadt. Keine halbe Stunde dauert das, sagte die Schattige, die jetzt auf dem Beifahrersitz gähnte, der Hypochonder saß am Steuer. Ich freute mich schon auf die Fahrt im silbergrauen Toyota zurück ins Hotel, ich wollte mit Paul alleine sein.

Ich drückte meinen Oberschenkel an Pauls Oberschenkel. Paul fasste an mein Knie und zupfte an meinem Strumpf. Ich fuhr mit dem Zeigefinger blitzschnell in seinen Mund. Da staunst du, dachte ich. Wir gerieten in ein Schlagloch, meine Schläfe knallte an die Scheibe, die Zähne schlugen aufeinander, der Herr der Hämorrhoiden sagte, tut mir leid, ist nicht alles perfekt hier, aber, verglichen mit Rom, können wir zufrieden sein.

Die Leute in Rom würden sich noch mehr schämen, wenn ihnen klar wäre, was für Meister die Römer in der Antike waren, Fernstraßen bereits 300 Jahre vor Christi!, sagte er. Sie wissen nichts über die eigene Geschichte, sagte die Schattige, weil sie nichts wissen wollen. Denk nur an meinen Onkel und an den Schrank der Schande in der ehrwürdigen Militäranwaltschaft, über dreißig Jahre lang waren dort 700 Akten über die deutschen Kriegsverbrechen provisorisch archiviert. Provisorisch!

Matilde hatte mir gegenüber bei einem unserer ersten Besuche erwähnt, ihr Bruder sei während des Zweiten Weltkriegs aus dem Marassi-Gefängnis deportiert worden. Bisher dachte ich, es gebe keine weiteren Informationen dazu. Ich wartete darauf, dass die Schattige fortfuhr, aber sie schwieg.

Die Römer hatten den Verkehr unter Kontrolle, auf den wichtigen Verkehrsrouten konnten drei Wagen nebeneinander fahren, sagte der Hypochonder. Und heute? 80 Prozent der Straßen kaputt. Pinien kippen um, einfach so. Und die Wildschweine gehören in Rom zum Straßenbild. Klar, bei diesem Abfall, überall Ratten. Möwen fallen über stinkende Haufen her, Füchse hausen in zerfledderten Kartons. Apokalyptisch. Die Tage der Ewigen Stadt sind gezählt. Die Stadt vermietet Wohnungen mit Blick aufs Kolosseum und das Forum Romanum zu Spottpreisen. Das ginge hier so nicht. Nein, sagte die Schattige, das ginge hier nicht, hier gibt es weder Forum Romanum noch Kolosseum.

Unser Chauffeur hält sich für einen Privatgelehrten, sagte Paul.

Dein *sottovoce* ist verführerisch.

Paul schwieg.

**

Wir kamen als Erste bei der Nekropole an. Ich sah pistaziengrüne Friedhofsmauern. Sieht aus wie ein Sanatorium, dachte ich, und ich dachte an Matildes Mann. Vor unserem Leichenwagen standen bereits zwei andere, die nächste

Limousine kam im Schritttempo und angemessenem Abstand herangefahren.

Bögen. Palmen. Viel Grün. Paul fiel das auch gleich auf. Wie viele Grüntöne, der *Punto di Blu* und der gelbe Wind der Stadt haben fusioniert, sagte er. Wir standen vor drei großen Pavillons, darin boten mehrere Blumengeschäfte und ein *tabaccaio* ihre Waren an. Die Eisenkonstruktionen der Pavillons: mattes, tristes Dunkelgrün. Die Jalousien darüber: hoffnungsvolles Mittelgrün. Die eisernen Jugendstillaternen: lindgrün. Daneben grellgrüne Abfallcontainer für vollgeheulte Papiertaschentücher und Blumensträuße, die man aus Versehen wieder mitgenommen hatte. Die Schriftzüge der Blumenläden: allesamt grün. Hoffnung. Hoffnung. Hoffnung. Natürlich! Wer der Beerdigung beiwohnte, war am Leben, und wie! Ich schob die Schultern zurück und streckte mich.

Der Hypochonder sagte, ich gehe auf einen Kaffee an die Bar, kommt ihr auch? Ohne unsere Antwort abzuwarten, trottete er los, die Schattige hinterher. Wir schauten auf die andere Straßenseite. Am Fluss, den Matilde einen Terroristen genannt hatte, gab es ein Bestattungsgeschäft, davor eine Ausstellung von Grabsteinen. Jenseits des Flusses sah ich ein Gebäude. Sieht zerbombt aus, was mag da geschehen sein? Weiß nicht, sagte Paul. Ich suchte seine Hand.

Lass uns hinübergehen, bat ich Paul. Um den Bisagno, der fast vollständig ausgetrocknet war, hatte sich eine Auenlandschaft gebildet. Unter der Brücke stand ein Wildschwein, es schaute zu uns. Wir fixierten das Tier, ein Eber, wir warteten darauf, dass er sich bewegen und losrennen würde, aber er stand einfach nur da und starrte uns an. Wie eine Zielscheibe, sagte Paul.

Bar, Caffetteria, Tavola Fredda e altro stand an der Baracke. Die Frau hinter der Bar sagte, ihr seid die Ausnahme, die anderen kommen erst nach der Beerdigung, sie sagte es missmutig, fast anklagend, dabei hätte sie doch Grund zur guten Laune gehabt. Ihr Business war sicher, den Espresso nach der Beerdigung würden sich die Leute auch in der größten Krise nicht versagen. Dann pries sie uns eine Kichererbsensuppe mit Mangold an, der Hypochonder wollte einen Teller bestellen, die Schattige war dagegen, wir haben keine Zeit. Eine Glocke verkündete, dass in einem Viertel der Stadt, die hinter dem gelben Torbogen lag, ein neuer Bewohner aufgenommen wurde.

Die ausgedünnte Trauergemeinde hatte sich vor dem Eingang versammelt. Greta fehlte, Valentina fehlte, natürlich. Wer noch?

Der Engländer stellte sich zu uns, große Geschichte hier, sagte er, ihr werdet sehen. Auch traurig, vieles ist verdreckt, vernachlässigt und kaputt. Die Katzen scheißen auf die Gräber. Aber, fuhr er fort, Staglieno ist wie ein teurer Kaschmirpullover, auch wenn er unzählige Male gestopft und fadenscheinig ist, in der Substanz bleibt der Pullover edel, in einem Dunkelblau, das alle aus gutem Hause tragen, auch die Kinderchen. Und es ist egal, wenn die Ellenbogen mit Lederpatches verstärkt sind, im Gegenteil, das gehört zum guten Ton, wie der Tweed für die Herren, *very english*. Einen guten Kaschmirpullover kriegst du übrigens bei *Ghiglino,* Paolo, lass uns einmal zusammen hingehen! Dann erklärte er, was wir uns auf Staglieno nicht entgehen lassen durften. Er zählte Grabstätten auf, ich hörte nur halb zu, Paul würde sich das alles merken. Unbedingt zu Mazzini, den man in der Schweiz eingebürgert hat, wie ihr vielleicht wisst, sagte er, als er vom Sohn der Witwe unterbrochen wurde.

Er und seine schwangere Frau waren aufgelöst, ihr Kind, der Kugelfisch, war verschwunden. Davongelaufen? Oder hatte es sich versteckt? Der Hypochonder fragte, wer hat das Kind hierhergefahren? Wir natürlich, sagten die Eltern. Wer hat den Kleinen gesehen, nachdem er ausgestiegen ist? Niemand konnte Auskunft geben. Die Leute von der Bar wussten auch nichts. Hatten ihn die Totendiener mitgenommen, um ihn an die Röhrenfabrik zu verkaufen? Die Eltern waren unschlüssig, ob sie hier warten oder loslaufen sollten. Wohin? Hat er Angst bekommen?, fragte Paul. Ich nehme an, sein Gummiball ist mal wieder davongerollt, das ist doch sein Spiel, sagte ich.

Die Totendiener kamen auf uns zu, sie hatten den Sarg dem Personal des Friedhofs übergeben, nun verabschiedeten sie sich formell von ihren Kunden, mit vorgestanzten Worten. Sie verneigten sich leicht und gingen ab. Kurz vor der Limousine zog der kleinere sein schwarzes Smartphone aus der Tasche, von dem ich überzeugt war, dass es weder senden noch empfangen konnte, dass es nur ein Gehäuse war. Er starrte darauf und steckte es wieder weg. Der große schaute geradeaus. Ich hatte seine groben Hände gesehen, die mich rührten. Sie sprachen kein Wort miteinander.

Paul und ich gingen ein paar Schritte Richtung Eingang, die Uhr am Torbogen zeigte zwanzig nach zwei. Auf der Uhr prangte das Wappen Genuas, wie auf dem Leuchtturm, rot auf weißem Grund, das Georgskreuz. Es war überall, auf der ganzen Welt, Georg war der Superheilige, beliebt von Äthiopien über Russland, Georgien bis nach Portugal, er wachte nicht nur über den CFC Genoa, sondern auch über den

AC Mailand und den FC Barcelona. Es war so selbstverständlich geworden, dass niemand mehr wusste, was ein Drachentöter eigentlich macht.

Auf einem Plakat stand in sechs Sprachen: Aus Respekt vor den Toten ist der Eintritt nicht anständig gekleideter Leute verboten. Wir durften eintreten. An der Pforte saß ein Mann, braungebrannt wie ein Surflehrer, verstrubbelte Haare in verschiedenen blonden Schattierungen, er winkte fröhlich und zeigte zum Aufbewahrungsort der Särge auf der gegenüberliegenden Seite.

Die Totendiener hatten Matildes Sarg auf ein fahrbares Gestell gehievt, das nun in einem Lagerraum stand, der mit religiösen Insignien aufgewertet war. Marmorboden. An den Wänden hingen klassizistische Leuchten. Der Sarg wartete auf den Zettel, der die definitive Verortung anordnete. An den beiden anderen Särgen stand *Comune di Genova* und ob Transitzone oder Krematorium.

Ich hoffe, sie beschriften Matildes Sarg korrekt.

Ich dachte an die Kinder, die, noch nicht von der Krankenkasse anerkannt, bestimmt im Abfall gelandet waren.

Mach dir keine Sorgen, der Sarg hier ist feuerverzinkt, niemand kann Matilde stehlen, sagte Paul. Du warst doch vorhin noch so guter Stimmung.

Ich bin in bester, sehr unpassender Stimmung.

Die Familie stand im Halbkreis, die Hände gefaltet. Paul und ich boten an voranzugehen. Der Hypochonder begleitete uns nach draußen, drückte mir einen kleinen Kunstführer und ein Faltblatt in die Hand und kreuzte die letzte Ruhestätte Matildes an, *Galleria nuova cripta,* ein Keller und drei Etagen, wir sind im mittleren Stock, Grab Nummer 668, sagte er. Man kann von dort aus ganz nach hinten spazieren, ins Tal hinein, da ist kein Mensch. Dann malte er noch ein paar Kreuze und Kreise auf den Plan, murmelte Erklärungen, wies auf die Partisanen hin und ging wieder hinein.

Wie ich sehe, gibt es ein geordnetes und ein ungeordnetes Wäldchen.

Ja, für die, die nach der Regel gelebt haben, und die, die ausgeschert sind, sagte Paul.

**

Erinnert dich dieses Gebäude dort auch an einen Reitstall?, fragte ich. Ich stieß mit der Hüfte gegen ihn, schaute zu ihm empor, Paul war groß. Der Große schaute nach vorne. Er beschleunigte den Schritt. In den Stöckelschuhen fiel es mir schwer, elegant mitzuhalten. Dann halt nicht elegant, dachte ich. Ich hatte ja bereits mit Greta geübt. Sie hatte mich gedemütigt und war wohl nicht mit dem Bus hierher gekommen, vielleicht würde sie unauffindbar bleiben.

Wie wäre es mit uns zweien?, fragte ich.

Paul sagte, mal schauen.

Wir steuerten auf die Militärdenkmäler aller Einheiten zu. Es wurde der Flugflotte, der Freiwilligen, der Artillerie, der Fallschirmjäger, der Feuerwehr und auch der Polizei gedacht, *sub lege libertas* stand da. Das ist das Motto der *Polizia di Stato,* die während des Faschismus militarisiert worden ist, sagte Paul. An die Russlandtoten wurde erinnert und an die Gefallenen des Meeres. Ich dachte an den Stararchitekten, der gesagt hatte, die neue Morandi-Brücke solle kein *Monument für die Gefallenen* werden, aber sie werde tausend Jahre halten.

Irgendwo hatte man ein Stück einer Panzer-Raupenkette platziert. Für die *Carabinieri* flammte eine riesige Handgranate auf, von dem Heiligsten Herzen Jesu nicht zu unterscheiden. War das Absicht oder Zufall? Das Denkmal vereinigte Soldat und Märtyrer, Kampf und Kirche, es verwies auch auf die Heiligen der Stadt, auf deren abgetrennte Gliedmaßen, auf glühende Eisen, auf furchtbare Qualen und heroisches Wirken.

Ich dachte an das Völkerschlachtdenkmal in Leipzig, das in gleich aggressiver Ästhetik für den Frieden plädierte. War die Ehe auch so? Ein Rahmen für die Liebe, der ihr auf der ganzen Linie widersprach, der sie verlachte und den Sex ruinierte? Jetzt standen wir vor dem Denkmal für die Genueser Sänger, die *canterini*. Sportler wurden auch geehrt. Was haben die bei den Kriegshelden zu suchen?, fragte ich. Und warum wird nicht an den G8-Gipfel erinnert?, fragte Paul. Weiter vorne war ein weißer Gedenkstein für die ermordeten Frauen, ermordet von denen, die vorgaben, sie zu lieben. *Contro il femmicidio*. Paul sagte, dieses Jahr waren es schon 106.

Dann betraten wir unter einem steinernen Tempeltor den alten jüdischen Friedhof. Die vielen dort eingelassenen Namen und ein Weidekorb mit Steinen ließen uns klein und demütig werden. Aus dem *tempio laico,* dem Tempel, der den Konfessionslosen vorbehalten war, kamen vierzig, fünfzig Leute in heiterer Stimmung, ihr Summen begleitete uns in die schattige Abteilung der Protestanten. Paul verwies auf ein Schild, das dazu aufrief, auf Weihrauch zu verzichten. Auch Heiligenbilder auf die Gräber zu legen, war untersagt. Wir schauten in die *Cappella evangelica,* der Innenraum war ein nüchternes Kirchgemeindehaus, vorne ein Pult mit

Mikrofon. Der Weg führte an einem Aufzug vorbei mit transparentem Kubus. Der *British Cemetery* lag auf Terrassen, die mich anzogen, aber Paul wollte nicht abbiegen.

Paul orientierte sich auf dem Plan, wir könnten noch ein Stück ins Tal hineingehen, meinte er. Auf dem Friedhof schien ein Bus zu verkehren, es gab sogar einen Fahrplan. Ich machte ein Foto von der Bushaltestelle. Wir gingen auf die *Galleria nuova cripta* zu, wo Matildes Grabnische war. Davor standen Olivenbäume. Mit den Miniatur-Marmorhäusern hatten sich viele Familien einen Ort geschaffen. Manche ließen ihr Putzzeug da, ich sah einen gelben Besen. Eine lange Treppe führte ins Nirgendwo. Zwischen Brennnesseln, Unkraut und Efeu ein winziges freies Feld, wie geschaffen für das Liebespaar, dessen steinerne Gesichter einander zugewandt waren. Oleander, rot blühend.

Ich glaube, Matilde ist hier am richtigen Ort, sagte ich.

Komm, lass uns zurückkehren, Nina.

Was weißt du eigentlich noch über Matildes älteren Bruder, Paul?

Ich mache es so kurz wie möglich. Jacopo arbeitete als Schriftsetzer in Turin und hatte sich bereits nach dem Waffenstillstand der *Resistenza* in den Lanzotälern angeschlossen. Matilde sagte, es habe sie nicht gewundert, ihr älterer Bruder habe schon als Kind einen ausgeprägten Gerechtigkeitssinn gehabt und sich immer mutig für Schwächere eingesetzt. Die Geschwister bekamen zwei längere Briefe, in denen er sich vorgängig verabschiedete, denn er war in Gefahr. Als es im Mai 1944 zum Massaker auf dem Turchino-Pass kam und neun Körper nicht identifiziert werden konnten, befürchteten die Schwestern und der jüngere Bruder das Schlimmste.

Der Ort der Ermordung lag ganz in der Nähe des Heimatorts Mele; neunundfünfzig Italiener – die meisten noch nicht einmal zwanzig – waren von betrunkenen Marinesoldaten erschossen worden. Verantwortlich war ein SS-Kommandant, der Vergeltung angeordnet hatte. Antonio, der auch aus Mele stammte, war unter den Toten gewesen, ihn kannte Matilde gut. Seine Familie bestätigte, dass Jacopo in der gleichen Einheit gewesen und gleichzeitig festgenommen worden war, denn sie hatten den beiden Unterschlupf gewährt. Der wegen 246-fachen Mordes angeklagte Kommandant wurde im Frühling 2002 zu einigen Jahren Gefängnis verurteilt, kam aber schnell wieder raus und starb 2006 in Freiheit. Es tue ihm leid, was passiert sei, habe er gesagt, aber er bereue nichts.

Sag bitte nochmals den Namen des Bruders.

Jacopo.

Wir umarmten uns lange.

**

Die Familie ließ auf sich warten, wir traten in die Krypta. Über die ganze rechte Seite sah man halb offene Grabnischen, wie lädierte Spinde in einer alten Turnhalle. Linkerhand ging ein halbes Dutzend Passagen ab, an jeder Wand befanden sich unzählige Abdeckungen mit einem Vorsprung für Blumen und Grablichter, oft doppelt besetzt. Wohl weit über tausend Gräber auf jedem der drei Niveaus, im Keller noch einmal so viele Urnen. In jeder Schlucht standen Leitern auf Rädern mit je zwei Podesten. Die rostigen Abflussgitter auf dem Plattenboden waren mit Unrat verstopft, zum Glück nirgends Nässe.

Wir gingen die Treppe hoch in den ersten Stock, hier war es hell und luftig, es gab Besucher, die beteten und Grabschmuck erneuerten, die Leute grüßten sich, wir suchten die Nummer 668 und fanden eine Grabkammer mit schwarzer Abdeckung, die Familie war auch eingetroffen. Wir traten alle näher.

Plötzlich schrie die Schattige auf, ihr Cousin lachte, der Hypochonder klatschte in die Hände. Schließlich setzte das Weinen der Witwe ein. Ihr Bruder sagte, *Italia is not right.* Die Schattige herrschte ihn in ihrer Kopfstimme an, dann machte sie zwei Schritte auf den Hypochonder zu, holte aus und verpasste ihm eine Ohrfeige.

Jetzt sahen wir das Foto. Es zeigte nicht Matilde mit vierzig und auch nicht die geringste Ähnlichkeit mit Romy Schneider, es zeigte das Gesicht der Schattigen, mit viel hellblauem Lidschatten, eine Aufnahme aus den Achtzigerjahren. Alle redeten durcheinander, es musste etwas geschehen, ich intonierte das Alpini-Lied *Signore delle Cime,* das hatte sich Paul gewünscht. Ich sang zu Ehren Matildes, zu Ehren ihres geliebten Bruders und aller, die sie geliebt hatten. Es war die intimste Geste, die ich bieten konnte. *Dio del cielo, Signora delle cime … Santa Maria, Signora della neve, coprì col bianco soffice mantello … su nel paradiso.*

Ich sah zu Paul, denn ich sang auch für Paul und für uns. Ich spürte Matildes Zustimmung und ich hörte ihr kräftiges Herz schlagen, der Rhythmus ging über in die Wellen an der Promenade von Nervi, am Horizont stand der Ozeandampfer, der schöne Priester war auch da, bevor das Schiff verschwand, zusammen mit Staglieno und Genua. Ich betastete die Erbsenkette, ich fühlte mich rund und glänzend wie eine der Akoya-Perlen, die in eine Schote eingeschlossen war. Als mit *per le Tue montagne* die letzte Zeile verklungen war, hatte ich das Gefühl, aus der Einheit mit mir selbst herauszufallen. Im Gesang ertrinken, das war mein Wunschtod. Ich musste mehr singen, viel mehr.

Paul nahm das Bild der Schattigen aus dem Rahmen und steckte das Foto, das Giorgio Costa gemacht hatte, hinein: Matilde im hellen Zweiteiler aus breiter Hose und taillierter Jacke, wie ein Segel im Wind. Er küsste seinen Zeigefinger und drückte ihn auf Matildes Hand. Die Nichten und der Neffe drängten näher, jetzt wirkten sie wie drei Geschwister, die endlich vereint waren, alle Grobheiten und Zumutungen waren vergessen zugunsten dieser schönen und traurigen Stunde. Die Schwangere sprach vom verlorenen Sohn, ihr Mann war auf der Suche. Die Tochter der Witwe und ihr Freund fragten, ob man auf dem Friedhof rauchen dürfe.

**

Draußen schien noch immer die Sonne. Da saß der kleine Ausreißer, er hatte einen Plastiktraktor und Puppen von einem Kindergrab geräumt und spielte im Schatten einer Platane. Neben ihm stand ein ausgebleichter Gartenstuhl.

Lass uns gehen, sagte Paul.

Ich habe das seltsame Gefühl, Valentina könnte hier irgendwo sein.

Komm endlich!

Eine getigerte Katze strich um meine Beine.

Das Tor zu der alten griechisch-orthodoxen Abteilung stand einen Spaltbreit offen. Paul blieb stehen, schaute zum Tor, schaute zu mir und sagte, *quando un giorno da un malchiuso portone* … Er machte einen Schritt hinein, ohne das

Tor aufzustoßen, fasste mich bei der Hand und zog mich in den langgezogenen Garten mit den alten Grabsteinen, den doppelten Kreuzen, der kyrillischen Schrift. Hier war alles verschlüsselt. Ein Ort im Verborgenen. Am Kopf des schmalen Feldes stand eine winzige Kapelle, unter dem Dach waren runde Fenster, je fünf übereinander, drei Reihen. Fünfzehn Seelenlöcher, fünfzehn Lichtaugen, die uns freundlich betrachteten. Wie geschaffen für ein Liebespaar. Ob das Zufall war? Ich hatte gewusst, wir haben noch etwas vor.

Das war Montale eben, ja?, sagte ich und schaute zu ihm hoch.

Ja, das war Montale.

Ich weiß, wie es weitergeht, durch das Tor, das nicht ganz geschlossen ist, sehen wir in einen Hof, und hinter den Bäumen verbirgt sich das Gelb der Zitronen. Das Gelb der Zitronen, wiederholte ich.

Nina, jetzt passiert, was du die ganze Zeit gewollt hast. Er lachte. Was war mit ihm los? Komm!, sagte er. Ich zeig dir etwas. Er drängte mich hinter die Kapelle, die nur für eine Handvoll Menschen Platz bot. Auf dem Kies lagen grüne Glassplitter, hier hatten sich vielleicht nachts Jugendliche getroffen. Was willst du mir zeigen, Paul?

Paul schob mich vor sich her, roch an meinem Haar, fuhr mit dem Finger in die Zapfenlocke vorne, die springt von selbst, sagte er, und drückte mich mit dem Rücken an die Mauer. Ich konnte mein Glück nicht fassen, mein Körper war gelöst, ich fühlte mich weich und warm, ich umarmte Paul, er fasste mich an der Schulter, schob Mantel und Rock hoch. Das überraschte mich, und ich war stolz. Das war filmisch. Sex auf dem Friedhof. Einfach so. Unverhofft. Wild.

Max Mara hält das aus, ja?, fragte er. Du bist frech, sagte ich. Das wolltest du doch. Das wolltest du die ganze Zeit, oder? Was wollte ich?, lachte ich. Das, sagte er und stieß mit seinem Becken gegen meines. Er traf den Knochen, ich heulte auf. Spürst du dich?, fragte Paul. Ich drehte das Gesicht weg, es war genug, aber ich konnte jetzt keinen Rückzieher machen, das würde er mir nicht verzeihen, ich schüttelte den Kopf, er keuchte, ließ nicht ab, verstärkte den Druck. Sein Gesicht war rot. Ich sagte, lass gut sein. Er sagte, so, Ruhe jetzt! Und drehte mich mit einem Ruck um, dann stieß er mit seinem ganzen Gewicht gegen mich.

Meine Hände lagen an der Mauer, sie war rau, neben meinem Gesicht war ein Loch, darin wuchs Moos. Meine Wange schmerzte, die Mauer roch erdig. Ob jetzt mein Lippenstift am Stein klebte? Ich dachte an unser Lieblingsrestaurant E Prie Rosse. Bis heute hatte ich mir diese Steine blutig vorgestellt. Paul riss an meinen Haaren, ich sagte, hör auf! Er hielt mir den Mund zu und riss heftiger, ich spürte, wie sich ein Büschel von meiner Kopfhaut löste, eine dicke Locke, es brannte, ich schrie gegen seine Hand, er drückte fester, auch gegen die Nase, ich hatte das Gefühl, die Nase gebe nach. Er würde mein Gesicht verwüsten, wenn er so weitermachte, ich wehrte mich mit dem ganzen Körper, versuchte auszuschlagen, aber er blockierte meine Beine, hielt sie auseinander, wie machte er das bloß, irgendwie professionell, dann nahm er seine Hand von meinem Mund.

Du gibst jetzt Ruhe, flüsterte er in mein Ohr, keinen Mucks will ich von dir hören. Ich dachte, er denkt, ich will das. Er denkt, er tut mir einen Gefallen. Er denkt, ich will zum Schweigen gebracht werden. Er drückte meinen Hals zu, ich bekam keine Luft mehr, von unten her wuchs der

Schmerz ins Brustbein, ich weinte, er lockerte den Griff am Hals, ließ aber nicht von mir ab. Ich zählte auf zehn, dann zählte ich nochmals auf zehn. Paul wurde langsamer, mit einem Ruck ließ er mich los. Er zog seine Hose hoch und ging wortlos nach vorne. Ich richtete mein Haar, ging ihm nach, er zog mich an sich, küsste mich auf die Lippen, seine Zunge schnellte hart in meinen Mund, sein Griff war rau wie die Mauer hinter der Kapelle, er schaute ans Ende des Gartens.

Das kannst du nicht machen, sagte ich.

Was kann ich nicht machen? Ich habe es ja gerade gemacht. Auch nicht gut? Das war Sex, hast du das gemerkt, Nina? Das war Sex! Wunschsex. Dein Sex.

Er legte seinen Arm um mich. Er wollte gehen. Als wäre nichts geschehen. Ich machte ein paar Schritte mit. Am Tor angelangt, blieb er stehen und sagte, Nina, ich werde nach Berlin ziehen. Die Firma nehme ich mit. Ich biss auf die Zähne, mein Arzt kam mir in den Sinn, der sagte, ich solle das unterlassen.

Wir sind viel zu lange nicht mehr beim Belvedere gewesen, viel zu lange nicht mit dem Aufzug von Castelletto gefahren, dachte ich, auch das Fischerdorf Boccadasse wäre eine Option für einen besonderen Ausflug, wie vorletztes Jahr im Sommer, eine spontane Badeexkursion, wir lagen in Unterwäsche am steinigen Strand auf unseren Kleidern.

Ich löste mich von Paul und ging alleine weiter. Paul wiederholte etwas lauter, Nina, ich werde nach Berlin ziehen. Ich schaute zu ihm, er nickte heftig, sein Staccato-Nicken. Mein Takt? Von wegen! Ich nickte jetzt auch heftig. Ich machte ihn nach.

Du wirst nach Berlin ziehen?

Ja, sagte er.

Die Firma nimmst du mit?

Ja.

Ich fragte nicht, wann. Ich sagte nicht, Paul, du bist gerade wie die *France,* du schlingerst so heftig, Menschen und Ausstattung gehen zu Bruch. Da kann man nichts machen, Konstruktionsfehler, hätte er vielleicht geantwortet. Ich fragte ihn nicht, wie heißt sie, wer ist sie, ich fragte nicht, erwartet sie ein Kind von dir, ich sagte nichts. Denn die tektonische Platte namens Staglieno würde ins Meer driften, Paul wollte nach Berlin, das war in Ordnung, sicher, nur nützte es nichts, wir würden zusammen ertrinken.

Paul hatte aufgeschlossen. Es geht nicht um Sex, es geht um mich. Es geht auch nicht um deine kleinen Affären, es geht um mich. Es geht nicht um deinen Narzissmus, es geht nicht darum, dass du dauernd um dich selber kreist und der Welt deine Petersburger Hängung verpasst oder dein Layering oder was auch immer dir einfällt. Es geht nicht um deine Endlosschlaufen, es geht um mich.

Ich wollte fragen, raucht sie? Das war das Einzige, was mich interessierte. Aber ich brachte keinen Ton heraus. Ich kannte die Antwort. Sie rauchte nicht. Ich war erleichtert. Wir würden untergehen, alle gingen unter, irgendwann, *il viaggio finisce qui,* hier endet die Fahrt, hieß es bei Montale. Und Montale täuschte sich nie.

**

Ich lief so schnell ich konnte mit den zu hohen Absätzen. Wo zum Teufel wohnte Greta? Ich war sicher, sie saß gerade an ihrem Küchentisch und trank Lambrusco aus Modena, den guten, den sie für mich aufgehoben hatte. Ich wollte zu ihr, ich würde sie suchen, ich wollte, dass sie Valentina in ihre Wohnung einlud, die da unten lag, im Dreck, wir hatten Zigaretten, wir hatten Wein. Ich würde ihr den Ring nicht streitig machen, und ich war nicht nachtragend.

Nina, komm zurück!, rief Paul. Du weißt es doch schon lange, komm jetzt zurück! Tu mir den Gefallen, bleib stehen, bitte!

Ich blieb nicht stehen, ich rannte, dann begann ich zu marschieren, ich schlug nichts kaputt, brach nicht einmal einen Zweig ab, weinte nicht. Ich ging langsamer, atmete tief ein und aus, zählte auf zehn, redete mir gut zu, Sätze, die meine Mutter gesagt hatte: Es ist noch nicht aller Tage Abend. Oder: Die Suppe wird nicht so heiß gegessen, wie sie gekocht wird. Die Platten, auf denen ich voranschritt, waren die Türen zu den darunterliegenden Grabkammern. Eine dieser Kammern war geöffnet, ein letzter freier Platz. Ein Engel lag auf dem Rücken, eine Hand verdeckte die Augen.

Was hätte Matilde getan? Sie wäre nicht weggerannt. Ich dachte an ihre hellbraunen Augen. Sie schauten mich an.

Bei den Zypressen kam eine große Ruhe über mich, und eine Müdigkeit, die nicht nur körperlich war. Dieser Friedhof war der Psyche des Menschen nachgebaut, planlos, dunkel, unübersichtlich, verwinkelt, Labyrinth und unfassbarer Widerspruch. Niemand, der noch etwas anderes im Leben vorhatte, als tote Verwandte besuchen, sein eigenes Grab aussuchen oder Sujets für Aquarelle sammeln, wollte hier verweilen. Ich hatte mich beim Gang über Treppen, durch Keller, Gewölbe und Kolonnaden abwechselnd eingesogen und rausgeworfen gefühlt. In den Wäldchen, zwischen Gräbern und Statuen, war ich Teil des genuesischen Requiems geworden. Wo war der Eingang, wo der Ausgang? Wo wollte ich eigentlich hin? Trotz Faltblatt hatte ich jede Orientierung verloren.

Da sah ich die breite dreigeteilte Treppe und eine riesige Frauenstatue mit Strahlenkranz und Kreuz in der Mitte des halbierten Feldes. Jede Menge brachliegendes Land, frisch gepflügt wie ein Acker, als beherberge Staglieno auch noch einen geheimen Bauernhof. Nur die beiden Bagger wiesen darauf hin, dass hier Gräber aufgehoben wurden. Ich wusste von Matilde, Nischen- und Urnengräber konnten gegen Bezahlung verlängert werden. Auch der Eintritt in die Ewigkeit hatte seinen Preis. Hier ruhten die Toten nach Klasse, Geschmack und Religion. Es war ein ehrlicher Friedhof.

In der Nähe musste das Grabmal von Giuseppe Mazzini sein. Seine Mutter lag auch hier. Ich hatte keine Nerven, die Mazzinis zu suchen, nach Garibaldis Monument hätte ich auch nicht gesucht, wäre es hier, ich war zu müde. Für Anita Garibaldi hätte ich mich aufgerafft, aber sie war anderswo, sicher nicht beim Denkmal in Rom, das Mussolini ihr gesetzt hat.

Habe ich Paul gelangweilt, weil ich zu sehr Blume war, eine unfruchtbare Blume, die keinen Dünger mehr wollte? Habe ich unsere Geschichte mit meiner Petersburger Hängung ins falsche Licht gerückt? Sie so erzählt, dass sie nicht zum romanhaften Anfang vom Dezember 2001 passte? Habe ich damit unsere Liebe verraten? Hat der protzige, überladene und geschmacklose Friedhof auch Paul um seine

Orientierung gebracht? Ein Ort, der zugleich rührend, liebevoll und zärtlich war. Verwirrend wie das Leben. Was konnte ich dafür, wenn Paul keinen Sinn dafür hatte? Was konnte ich dafür, dass er mich nicht wollte, jetzt, wo Matilde nicht mehr war?

Ich kehrte um, ging die Treppe zum klassizistischen Rundtempel hoch, *deo domus claris memoria Genuensibus* prangte auf dem Fries, Gott und dem Andenken berühmter Genueser gewidmet. Das war nicht übertrieben, in der Mitte des Pantheons stand Christus mit ausgebreiteten Armen, rundum schwarze Säulen und erlauchte Männer Genuas, inklusive Adam ohne Bauchnabel, und keine einzige Frau, nicht einmal Antonietta Pozzoni, der Liebling Verdis, hatte es hierher geschafft. Da kam zu aller männlichen Übermacht ein Greis, er humpelte auf mich zu, und schon ging es los mit Erklärungen zu Stil und Bedeutung des Monumentalfriedhofs, hier lägen nicht 60 000, es seien zwei Millionen Menschen, er mache Führungen, er wisse alles über die Kunstwerke. Ich ließ ihn stehen und ging nach draußen. Neben einer Namensliste von Veteranen stand: WC.

Ich machte zwei Fotos, eins vom Rauchverbot vor der Toilette, es drohte eine Buße zwischen 27,50 und 275 Euro, die Buße verdopple sich, wenn in Anwesenheit einer Schwangeren oder einer Stillenden oder von Kindern bis zwölf Jahren geraucht werde. Dann bog ich um eine weiß gekachelte Kurve in das Liliput-Gewölbe ein, es war aus durchsichtigem Kunststoff, wie eine Recycling-Kapelle. Vier in den Boden eingelassene Porzellanschüsseln, Urinale für Frauen und Männer und doppelt so viele Lavabos, die sagten, diese kleine Hygieneanstalt auf dem riesigen Friedhof ist ein Ort der Reue. Ich aber empfand keine Reue, nur Zorn.

Ich machte ein weiteres Foto vom Abziehbild auf dem Seifenspender, der Kopf einer blutjungen Mutter Gottes, weißes Kopftuch, blauer Umhang, genau die gleiche Kluft wie die Mystikerin von Marassi, darüber stand Radio Maria. Jemand hatte versucht, es abzukratzen.

**

Zitterte der Boden? War das ein Erdbeben? Ich hatte es geahnt, jetzt war es so weit, die tektonische Platte löste sich und trieb Richtung Meer. Sie nahm die Totenstadt und Teile Marassis mit, den Bisagno, das Gefängnis, das Fußballstadion und auch das Mutterhaus der mumifizierten Heiligen im Glassarg, alles glitt ins Meer. Genua löste sich an den *crêuze* entlang auf, in der Altstadt klaffte ein Loch, dort am tiefsten, wo die Kathedrale mitsamt ihren Wurzeln verschwunden war. Ich sah Matilde an der Promenade Anita Garibaldi in Nervi an die Seemauer gelehnt. Sie ging dieses Mal als Letzte an Bord. Über ihr kreiste der goldene Greif.

Alle Welt hatte auf eine gute Lösung gehofft, alle Welt entspannte sich, denn die dramatischen Wolken über Ligurien würden bleiben. Auch ich entspannte mich. Ich saß am besten Ort für den Untergang, dem einzigen weit und breit, der abschließbar und sicher war. Das Schicksal meinte es gut mit mir. Es hatte mich hierher verfrachtet, damit ich in Ruhe Abschied nehmen konnte.

Mein Genick schmerzte. Die Deckenlampe sah aus wie eine Höhensonne oder ein Insektenschocker, natürliche Helligkeit drang durch ein Fenster weit oben. Überall weiße Kacheln wie in einem Badezimmer, aber natürlich nicht so sauber wie die Aufzugskabine von Castelletto. Am Boden stand ein Kanister. Mein Hintern schmerzte rundum, immerhin saß ich auf einem anständigen Klo.

Paul sollte mich nie mehr rügen für meinen Erzählstil. Ich wollte nicht mehr *seine Petersburgerin* sein, nie mehr, ich rief so laut ich konnte, ich bin nicht eine deiner Gleichungen, Paul Schmid! Es war ein jämmerliches Krächzen. Aber das flaue Gefühl im Magen hatte sich etwas gelegt, die Schultern ließen sich bewegen, ich tastete meine Wangen und die Augenwinkel nach Tränen ab, alles trocken, auch der Mund war trocken.

Kürzlich hatte ich in einem Radiobeitrag vom *persönlichen Ort der Einkehr* gehört. Der Mensch, der durch ein Friedhofstor schreite, betrete eine andere Welt, einen sakralen Raum, körperliche Energie verwandle sich in mentale, er verlangsame seine Schritte, werde leise und bedächtig. Diese Verwandlung brauche einen persönlichen Ort der Einkehr. *Voilà.*

Nur, wo blieb die beschworene mentale Energie? Die Friedhofsendung wurde in meiner Erinnerung von einer Reportage über den Bau des Istanbuler Flughafens überlagert, Journalisten nannten ihn *die Todespiste.* Arbeiter starben zu Hunderten, die Toten wurden gegen Schweigegeld weggekarrt. Keine Ehre unter Marmorstatuen wie auf Staglieno. Hier hatte Paul mit mir verkehrt. Ich hatte geglaubt, wenn wir uns körperlich annähern würden, stünden die Chancen gut. Dass das etwas bedeuten könnte. Dass das bedeutend sei. Aber es bedeutete nichts. Nichts!, knackte es konsonantisch. Meine Stimme war weg.

**

Das Bettelarmband klimperte, ich löste seinen Verschluss und ließ es in den Kanister fallen, der unter dem Lavabo stand. Schlüssel und Herzen versanken in einer gelben Flüssigkeit. Den Einkaräter kann ich gut verkaufen, dachte ich, die Möbiusschleife behalte ich für den Nächsten. Ich zwängte meine geschwollenen Füße in die Schuhe, verließ das WC und lief zur Bushaltestelle vor den pistaziengrünen Friedhofsmauern. Dort zog ich langsam die Lippen nach, da hörte ich meinen Namen, Paul stand hinter mir, er hatte auf mich gewartet, das war klar. Ich zog weiter die Lippen nach, ohne Spiegel, das konnte danebengehen, was soll's. Paul hielt die Visitenkarte des Taxifahrers in der Hand und tippte die Nummer in sein Mobile.

Ich schlug den dünnen Kunstführer auf. Das bekannteste Grabmal auf Staglieno war das einer einfachen Straßenhändlerin. Es war abgebildet, die Inschrift auf dem Sockel habe sie ausdrücklich in Genueser Dialekt gewünscht. Caterina war ihr Name. Ich hatte sie nicht gesehen. Ich dachte an Matildes Traumgeschichte, wie der Blitz eingeschlagen hatte, wie sie in Todesangst schrie. Matildes Tochter, die gestorben war, hätte bestimmt auch Caterina geheißen, genannt Nina.

Das Grabmal zeigte eine Matrone mit Zopffrisur und Ohrringen, fein gearbeiteter Schürze und Dreieckstuch, das Gesicht stolz und trotzig. Sie stand da und bot ihre Ware feil: Nussketten in der einen Hand und darin verknotet Brezeln. Der weiße Marmor verwandelte ihre aufgezogenen Nüsse in üppige Perlenschnüre. Die Frau aus einfachen Verhältnissen hatte sich die Summe für ihr Standbild ein Leben lang zusammengespart. Sie wollte nicht vergessen werden, vielleicht weil sie dachte, der Tod gebe allen, die es sich leisten konnten, ihre Unschuld zurück.

Ich zog die Zigarette, die Greta mir gegeben hatte, aus der Manteltasche, *la bête noire.* Ich ging zur Bar und auf den jungen Totendiener zu, der ein Bier trank. Die Frau am Tresen erkannte mich, *ciao,* sagte sie, einen Espresso nach der Beerdigung, wie alle anderen? Ich nickte, steckte die Zigarette zwischen die Lippen und reckte das Kinn. Der Totendiener suchte nervös nach seinen Zündhölzern, gab mir Feuer. Den ersten Zug zog ich nicht in die Lunge, den zweiten auch nicht. Das würde später kommen. Ich behielt den Rauch im Mund und gab ihn zögerlich ab. Ich dachte, habemus eine neue Raucherin. Wo bleiben die Fanfaren?

Matilde schnalzte mit der Zunge und zündete sich auch eine Zigarette an. Lass uns einen Cognac an Deck trinken, sagte sie. Lass uns zusammen alt werden, dachte ich, dann nippte ich an der heißen Tasse. Ich würde die Zigarettenmarke wechseln, für mich durfte es Diana Blu sein, mit Filter, ich war eine einfache Raucherin. Paul kam auf mich zu, da sah ich den silberfarbenen Toyota. Wir stiegen ein, und der Soziologe fuhr uns ins Hotel mit den harten Kissen.

Foto: Anna Positano

Romana Ganzoni wurde 1967 in Scuol, Unterengadin, geboren, wo sie auch aufwuchs. Geschichts- und Germanistikstudium an der Universität Zürich, Aufenthalt in London. Nach zwanzig Jahren Tätigkeit als Gymnasiallehrerin widmet sie sich heute ganz dem Schreiben und lebt als freie Autorin in Celerina, Oberengadin. Seit 2013 Veröffentlichungen in Literaturzeitschriften. 2014 Teilnahme am Ingeborg-Bachmann-Wettbewerb in Klagenfurt. Förderpreis des Kantons Graubünden. Seit 2015 Kolumnen in der *Schweiz am Sonntag* und im KulturBlog der *Engadiner Post.* Mit ihrem Erzählband *Granada Grischun* legte sie 2017 ihr erstes Buch vor. Ihre regelmäßigen Aufenthalte in Genua inspirierten sie zu diesem Romandebüt.

»Romana Ganzonis Humor ist unverbraucht, und er macht das Grauen erträglich, wenn es sich anschleicht.«

Dieter Langhart, Thugauer Zeitung

Romana Ganzoni

Granada Grischun

Erzählungen

200 Seiten, gebunden, 2017
ISBN 978-3-85869-739-4

Ein Mädchen verliert mit sieben seinen einzigen Freund – und versinkt fortan in viel zu großen Gummistiefeln. Ein anderes wartet sehnsüchtig auf Schnee, denn seine Eltern haben ein Skigeschäft: Kein Schnee und sie sind verloren. Sommer heißt Freibad, und das gehört den Girls. Sie entdecken hier zum ersten Mal die Schönheit der Jungen. Wenn sie hingegen in der Turnstunde die stinkende Seraina quälen, überkommt sie die Lust an Gewalt. Romana Ganzoni erzählt einmal poetisch, dann explosiv und immer überraschend von den Beben einer Kindheit im Engadin und den Nachbeben im Heute.

»Das Eidechsenkind *ist ein tieftrauriger Roman, bei dem man sehen kann, wie tröstlich weit Leben und Literatur auseinanderliegen. Für die Literatur nämlich ist dieses kleine Buch ein Glück.*«

Paul Jandl, Neue Zürcher Zeitung

Vincenzo Todisco

Das Eidechsenkind

Roman

216 Seiten, gebunden
4. Auflage 2019
ISBN 978-3-85869-783-7

Das Eidechsenkind ist in Italien daheim und im Gastland zu Hause. Hier muss es sich verstecken: unter der Kredenz, im Schrank, in der Abstellkammer. In Ripa hingegen rennt es dem Ball hinterher, jagt draußen die Wespen, gleitet von einer Umarmung in die andere. Dort, bei Nonna Assunta, wo ein Haus darauf wartet, fertig gebaut zu werden.

Aus der Sicht eines Kindes erzählt Vincenzo Todisco in diesem erschütternden Roman von einem klandestinen Schicksal in einem belebten Wohnhaus, von kindlichem Einfallsreichtum und heimlicher Freundschaft.

Nomination Schweizer Buchpreis 2018

EDITION BLAU